J. F. (Johann Friedrich) Jünger

Die Entführung

Ein Lustspiel in drei Aufzügen

J. F. (Johann Friedrich) Jünger

Die Entführung
Ein Lustspiel in drei Aufzügen

ISBN/EAN: 9783742898227

Hergestellt in Europa, USA, Kanada, Australien, Japan

Cover: Foto ©Andreas Hilbeck / pixelio.de

Manufactured and distributed by brebook publishing software (www.brebook.com)

J. F. (Johann Friedrich) Jünger

Die Entführung

Die Entführung.

Ein Lustspiel
in
drey Aufzügen.

Von
J. F. Jünger.

Leipzig, 1792.

Personen.

Herr von Sachau.

Henriette von Sachau, seine Tochter.

Wilhelmine von Sachau, seine Nichte.

Baron Rosenthal, Henriettens bestimmter Bräutigam.

Herr v. Buchenhain, Henriettens Liebhaber.

Johann, Rosenthals Bedienter.

Ein Kellner.

Sesselträger.

Bediente.

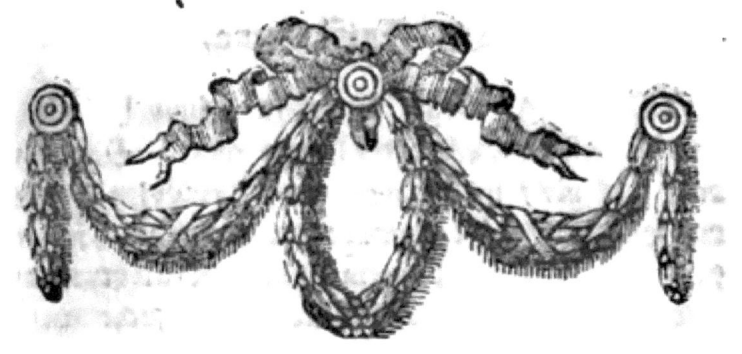

Erster Aufzug.

Zimmer im Hause des Herrn von Sachau.

Erster Auftritt.

Wilhelmine und Henriette.

Henriette
(ein erbrochenes Billet in der Hand)

Nein liebes Mühmchen; nein, ich kann mich unmöglich dazu entschliessen.

Wilhelmine. Du kannst nicht? Geh doch! — mach mich nicht zu lachen! Wenn es darauf ankommt einen närrischen Streich zu machen, so möcht' ich doch wissen, zu was sich ein Mädchen nicht entschliessen könnte! — Und warum kannst du denn nicht, wenn man fragen darf?

Henr. Bedenke nur: Sich entführen zu lassen!

Wilhelm. Nun du mein Himmel! als ob das so etwas ausserordentliches wäre! Haben wir denn das nicht in Romanen und Komödien hundertmal gelesen? Höre einmal: du hast das „sich entführen lassen" mit einem gewissen Nachdruck ausgesprochen; ich glaube du stößt dich mehr an den Ausdruck, als an die Sache selbst; sage einmal entführt werden, und ich wette —

Henr. Wie du auch über meine traurige Lage noch scherzen kannst!

Wilhelm. Nein, nein, es ist mein völliger Ernst. Sieh nur; wenn die Leute sagen: Das Fräulein von Sachau hat sich von dem Herrn von Buchenhain entführen lassen — pfui, das klingt garstig! Aber wenn's heißt: Sie ist vom Herrn von Buchenhain entführt worden; das ist etwas ganz anders. „Je nun" wird man sagen, „was kann ein armes wehrloses Mädchen dafür, wenn ein Mann mit ihr davon läuft?"

Henr. O da kennst du die Welt nicht! — Die Verläumdung —

Wilhelm. Ey was! Verläumbung hin, Verläumbung her! — Die Weiber, die sich über solche Dinge am meisten scandalisiren, sind gerade diejenigen, die trotz aller angewandten Mühe noch niemanden Lust machen konnten mit ihnen davon zu laufen: alte übrig gebliebene Jungfrauen, oder Weiber, die keine Männer würden bekommen haben, wenn sie kein Geld gehabt hätten — Laß doch einmal sehen, was dein Koridon schreibt. (Sie nimmt ihr das Billet aus der Hand, und liest.) „Meine an-
gebe-

gebetete Henriette! Ich bin in der äussersten Verzweiflung" — — Was du für ein verzweifeltes Mädchen bist, deinen Liebhaber so in Verzweiflung zu setzen! — also — „in der äussersten Verzweiflung. Der Gedanke Sie zu verlieren macht mich unsinnig" — Nun das nenne ich mir einen Schäfer, der den Reitzen seiner Kalage Ehre macht — „Ich beschwöre Sie bey allem was Ihnen lieb und heilig ist, willigen Sie in den Vorschlag, den ich Ihnen so oft gethan habe. Meine Tante erwartet uns. Ihr Gut liegt nur zwo Meilen weit von hier. Mein Leben und Tod steht jetzt in Ihren Händen; entschliessen Sie Sich." — Jettchen, laß den armen Jungen nicht sterben. — Horch! dein Vater kömmt; geschwind von etwas anderm!

Henr. Mienchen, mir zittern alle Glieder! Verlaß mich nicht!

Wilhelm. Nun ja doch, ich will ja alles thun, du mußt aber auch vernünftig seyn.

Zweyter Auftritt.

Vorige. Herr v. Sachau.

Sachau. Habt ihr schon wieder die Köpfe bey einander? Vermuthlich wird wieder ein Komplottchen gemacht? — Aber macht nur, macht! Ich kann auch komplottiren, ich! — Ich will euch eins machen, worüber ihr euch verwundern sollt. — Deinen geliebten Herrn von Buchenhain zum Exempel habe ich schon zum Hause hinaus komplottirt, und aus deinem Herzen will ich ihn auch noch bringen, dafür steh' ich dir.

Wilhelm. (schalkhaft.) Onkelchen! sind Sie wirklich ein solcher Hexenmeister?

Sachau. Was hat Sie Sich drein zu mischen, Fräulein Naseweiß?

Wilhelm Nun — ich frage ja nur.

Sachau. Du sollst auch nicht lange mehr hier herrschen! Daß mich auch der Leidige blenden mußte, dich ins Haus zu nehmen. Du hast mir meine Tochter in Grund und Boden verderbt. Sie war sonst so ein folgsames gutes Kind, und jetzt — Aber nur Geduld, auch das soll anders werden. Wenn sie erst verheyrathet ist, so will ich sehen, wie ich auch dich mit guter Manier los werde: und wenn ihr zwey weg seyd, dann wird mein Haus ein wahres Paradies werden.

Wilhelm. Ja, ein wenig langweilig wird's alsdann bey Ihnen zugehen. — Onkelchen! Sie thun immer, als wollten Sie mich gerne los seyn, aber ich wette, daß das Ihr Ernst nicht ist. Ich habe oft gedacht, es ist Schade, daß Sie meines Vaters Bruder sind. Was wir zwey für ein allerliebstes Paar machen würden! Wir zanken uns beständig, wir halten uns kein Wort zu gute. — O wahrhaftig, wir sind zu Eheleuten geboren.

Sachau. Du bist ein albernes Ding.

Wilhelm. Nun da höre man, was er mir für zärtliche Namen giebt! Onkel, Onkel! mit uns beiden ist's wahrhaftig nicht so ganz richtig! (mit komischer Freundlichkeit) Was sich liebt, das neckt sich!

Sachau. (halb lachend.) Geh mit deinen Possen! (zu Henrietten,) Sind die Zimmer zurecht gemacht? — Dein Bräutigam kömmt noch diesen Abend.

Henr. (stößt einen tiefen Seufzer aus.)

Wilhelm. Hören Sie wohl, wie schmachtend sie ihm entgegen seufzt? Das wird rührende Szenen geben! die Thränen kommen mir schon in die Augen, wenn ich nur daran denke. — Aber lieber Onkel, hat er denn immer noch keinen Namen? immer und ewig der Bräutigam, der Bräutigam! Warum nennen Sie ihn denn nicht? Ihr künftiger Schwiegersohn wird doch wohl einen Namen haben. Onkel, er wird doch wohl getauft seyn? Wirklich Sie machen einen mit Ihrem geheimnißvollen Stillschweigen ordentlich bange!

Sachau. Ihr werdet seinen Namen noch Zeit genug erfahren. Jetzt beliebt mir's noch nicht ihn zu nennen.

Wilhelm. Jetzt beliebt mir's noch nicht! — Da höre man einmal den kleinen liebenswürdigen Starrkopf! Aber uns beliebts ihn zu wissen! Was mich betrift, ich halte auf einen anonymen Liebhaber eben so wenig, als auf einen anonymen Rezensenten; denn ich bilde mir immer ein, wenn die Leute ein gutes Gewissen hätten, und Ehre davon zu haben glaubten, so würden sie sich nennen.

Henr. (will ihm zu Fuß fallen.) Mein Vater! auf den Knien beschwöre ich Sie, verschonen Sie mich mit dieser Heyrath.

Sachau. (sie zurückhaltend.) Meine Tochter! stehenden Fußes beschwöre ich Sie, seyn Sie vernünftig! — Es ist und wird nun nicht anders. Ein Wort so gut als tausend. Morgen, und wenn's möglich ist noch heute Abend, ist Verlobung. Du kennst mich! nicht gemuckst!

Wilhelm. Brr! — Wie Sie nun gleich auffahren! — Mir sollte es mein Vater so machen, ich wüßte wohl was ich thäte!

Sachau. Nun? — was thätst du denn?

Wilhelm. Ich lief ihm ohne viele Umstände davon.

Sachau. So? Du bist mir ein sauberes Früchtchen du! Sagt' ich's doch immer! Henriette lernt die ganze schöne Aufführung von niemand anderm als von dir.

Wilhelm. Von mir? — Nehmen Sie mir's nicht übel, lieber Onkel! Sie mögen übrigens ein recht kluger gescheuter Mann seyn, aber über das Mädchenkapitel schwatzen Sie wie der Blinde von der Farbe. Sie müssen wissen, was solche Dinge betrift, kann kein Mädchen von dem andern etwas lernen. Wir werden mit allen den allerliebsten Pfiffen, mit allen den kleinen liebenswürdigen Bosheiten geboren, die unsern Vätern, Ehemännern und Liebhabern so manchen Verdruß, und uns so manche unschuldige Freude machen. Eine gute Freundinn kann dabey nichts thun, als dann und wann ein wenig nachhelfen, wenn's hier und da stockt; und das thue ich denn auch bey Henrietten ehrlich, und fleißig.

Sachau. Und du bist so unverschämt, und sagst das selbst?

Wil=

Wilhelm. Unverschämt? — Ist man denn unverschämt, wenn man die Wahrheit sagt? — Ich hab' immer das Herz auf der Zunge. Ich will Ihnen noch mehr sagen: Wenn Henriette das Herz hätte meinem Rathe zu folgen, sehn Sie, Onkel, ich will nicht ehrlich seyn, wenn ich nicht diesen Augenblick Mantel und Fächer nähm, und in eigener hoher Person auf die Post lief um die Pferde zu bestellen.

Sachau. Mädchen — mache mich nicht toll. Morgen des Tages mußt du aus dem Hause.

Wilhelm. Und da glauben Sie wohl, ich werde eine Närrinn seyn und gleich gehen? Ey ja doch! Die arme Henriette würde in einem schönen Rosengarten *sitzen, wenn sie mich nicht mehr hätte! Machen Sie nicht manchmal ein Lärmen, spielen Sie ihr nicht oft mit, daß es eine Sünde und eine Schande ist? Wenn ich ihr nicht dann und wann das unschuldige Vergnügen machte, und über ihren lieben Papa so recht von Herzen loszög, so — —

Sachau. Nichte! ich sage dir's, treibe mich nicht auf's äusserste! Du hast bisher einen guten Onkel an mir gehabt, aber —

Wilhelm. Ist's denn etwa nicht wahr? Wie Sie Sich manchmal aufführen! Weiß der liebe Gott, wer Sie in unsere Familie hinein geschwärzt hat! Mein verstorbener Vater war doch Ihr leiblicher Bruder, aber der war ein ganz anderer Mann, als Sie; in meinem ganzen Leben habe ich nicht den geringsten Wortwechsel mit ihm gehabt, und ich war doch schon beynahe fünf Wochen alt, als er starb.

Sachau. (muß wider Willen lachen.) Dummer Schnickschnack!

Wilhelm. (ihn parodirend.) Onkel, ich sag's Ihnen — treiben Sie mich nicht auf's äusserste! — Sie haben bisher eine gute Nichte an mir gehabt, aber —

Sachau. Ueber die Närrinn! — (lachend.)

Wilhelm. Nun denn, dasmal mag's so hingehen! Geben Sie Sich nur zufrieden; ich will Ihnen nichts thun. Da, (ihm die Hand hinhaltend) zum Zeichen, daß ich wieder gut bin. — Hieher geküßt!

Sachau. (Ihre Hand wegstoßend.) Geh mit deinen Possen!

Wilhelm. Ein galanter Onkel sind Sie; das muß man Ihnen lassen. Die schöne Hand Ihrer schönen Nichte nicht einmal zu küssen, wenn sie sich herab läßt, sie Ihnen selbst darzureichen! Und ich dächte doch, meine Hand wäre so übel nicht! — Loben Sie sie doch ein wenig, Onkelchen! sie gehört ja auch mit in Ihre Familie, und alles was dazu gehört ist hübsch. Sie zum Beyspiel (um ihn herum gehend) Sie sind ein scharmanter Mann, dagegen ist nichts zu sagen; aber Sie wären noch tausendmal scharmanter, wenn Sie das fatale Project mit Henriettens Heyrath aufgäben! —

Sachau. Willst du mich wieder böse machen?

Wilhelm. (bittend.) Oder wenigstens noch einige Zeit aufschöben!

Sachau. Laß mich zufrieden.

Wilhelm. (sich an ihn schmiegend.) Herzens=
Onkelchen! Nur auf kurze, kurze Zeit! —

Sachau. (hastig) Keinen Tag, keine Stunde, keine Minute!

Wilhelm. (ihn parodirend) Keinen Augenblick, keine Sekunde — Seh mir einer den Trotzkopf an! — Onkel! — Onkel — man muß erschreck=
lich viel Geduld mit Ihnen haben!

Sachau. (wider Willen lachend.) Man kann über die Närrinn nicht böse werden. —

Wilhelm. Oder wissen Sie was? Damit Sie sehen, daß wir billige Mädchen sind; wir wollen mit uns handeln lassen: sagen Sie uns wenigstens den Namen des auserwählten Bräutigams. Es ist doch traurig für die arme Henriette, ihren künfti=
gen Bräutigam nicht einmal dem Namen nach zu kennen.

Sachau. Wenn sie ihn vor'm Altar erfährt, ist's auch Zeit.

Wilhelm. (an ihm hängend.) Onkel! aus Barmherzigkeit! Bedenken Sie, daß wir Frauen=
zimmer sind, und daß die Neugier uns das Herz abdrückt.

Sachau. Nichts, nichts!

Wilhelm. Aber liebes, goldenes Herzens=
Onkelchen! —

Sachau. Es wird nichts draus! —

Wilhelm. Nur den ersten Buchstaben! Bitte, bitte!

Sa=

Sachau. (stößt sie von sich, stampft mit dem Fuß, macht eine Bewegung mit dem Munde als ob er reden wollte, geht aber ab.)

Dritter Auftritt.

Wilhelmine und Henriette,

welche indessen ganz schwermüthig im Hintergrunde gesessen hat, und jetzt aufsteht.

Wilhelm. Nun so geh' alter Grießgram! — Liebes Jettchen! ich kann dir wahrhaftig nicht helfen. — Du mußt davon laufen. Du mußt —

Henr. Wenn ich nur das Herz hätte! Du kannst nicht glauben, wie sauer es mir wird, mich zu diesem Schritte zu entschließen.

Wilhelm. Nun wenn du glaubst, daß du besser dabey fährst, wenn du den Mann nimmst, den dein Vater für dich ausgesucht hat, meinetwegen! Heyrathe deinen Anonymus! Es mag gar ein sauberes Stück Bräutigam seyn, weil dein Vater so geheimnißvoll mit ihm thut. Ich glaube, sein Name ist schon so widerlich, daß man ihn nicht einmal gern nennt. Ich will wetten, es ist ein plumper bäurischer Landjunker, dem der liebe Gott an festen Knochen gab, was er ihm am Verstande abzog, oder ein abgelebter Hagestolz, ohne Zähne und Haare, der noch in seinem fünf und sechzigsten Jahre die Ehre haben will, an einer jungen Frau zu sterben.

Henr.

Henr. Ums Himmelswillen hör' auf! Ich will fort — noch heute!

Wilhelm. Ja, morgen möcht' es ohnehin schon zu spät seyn.

Vierter Auftritt.

Die Vorigen. v. Buchenhain.

Wilhelm. Eben recht, daß Sie kommen, mein schöner Paris — Ihre Helene —

Buchenh. (indem er Henrietten die Hand küßt.) Paris! Helena! diese Namen sind für mich von sehr guter Bedeutung. Hat sich meine Henriette wirklich entschlossen?

Wilhelm. Mit Ihnen davon zu laufen? — (Henriette winkt ihr.) Der Himmel bewahre uns. Sehen Sie nicht wie mir Henriette winkt, daß ich nicht so sagen soll? Für was halten Sie uns, mein Herr? Mädchen wie wir, laufen mit keinem Liebhaber davon. Höchstens machen wir etwa zur Veränderung mit einem gewissen Herrn v. Buchenhain ohne Vorwissen des Vaters eine kleine Spazierfahrt zu seiner Tante! — Kurz, meine Gründe haben endlich ihre Furcht besiegt.

Buchenh. So? und Ihre Liebe zu mir hat gar keinen Antheil an Ihrem Entschlusse, Henriette? —

Henr. Können Sie das fragen? als ob Sie es nicht schon lange wüßten, daß ich Sie unaussprechlich liebe! —

Wil-

Wilhelm. Jetzt nicht lange expostulirt! Wenn ihr hernach mit einander im Wagen sitzt, so könnt ihr einander von eurer unaussprechlichen Liebe vorschwatzen, so viel ihr wollt, aber jetzt ist die Zeit kostbar. Der Onkel hält seine Mittagsruhe, und wir sind keinen Augenblick sicher, daß er uns nicht überfällt. Also geschwind zu unserm Operationsplan: Um sieben Uhr geht unser Alter gewöhnlich hinüber zum Baron Holm, um mit ihm gemeinschaftlich das Gleichgewicht von Europa herzustellen, und die Fehler wieder gut zu machen, die etwa die Kabinetter begehen, und vor acht Uhr kömmt er selten wieder zurück. Nun laß einmal sehen: nach fünf Uhr wird's zwar schon dunkel, ob's aber um sechs Uhr schon finster genug ist? Denn die Verliebten und die Fledermäuse dürfen vor Nachts doch nicht ausfliegen.

Buchenh. Gut. Die Pferde müssen drey Viertel auf sechs Uhr parat seyn, und um punkt sechs Uhr —

Wilhelm. Jage ich Henrietten zur hintern Hausthür hinaus in die Arme ihres Liebhabers.

Henr. Ja — aber wie komme ich zur hintern Gartenthür hinaus?

Wilhelm. O dafür ist schon gesorgt. Hier ist der Schlüssel. Ich habe ihn deinem Vater diesen Morgen schon wegstipitzt.

Henr. Mienchen, wenn du lieber mit führst!

Wilhelm. Ach bewahre! — wen hätte denn der Onkel hernach, an dem er seine Galle auslassen könnte? Nein, ich muß durchaus zu Hause bleiben

und

und vor dem Riß stehen. Ich nehme alles auf mich, denn je mehr er auf mich schmält, desto weniger haft du hernach auszubaden. Ich mache mir aus seinem Schimpfen nichts. Am Ende wird er doch wieder gut. — Wissen Sie was? Nehmen Sie die Schlüssel zu Sich, Herr von Buchenhain, und seyn Sie ein wenig vor sechs Uhr da. Es ist besser Sie warten auf Henrietten, als daß Henriette auf Sie wartet. — Und jetzt marsch! — wir dürfen dem Alten keinen Augenblick mehr trauen. (Sie nimmt Henrietten unter den Arm und führt sie durch eine Seitenthür ab.)

Buchenh. (ihr nachrufend) Auf Wiedersehen, Engel! — (durch die Mittelthüre ab.)

Fünfter Auftritt.

Straße.

Baron Rosenthal in Reisekleidern, allein, er sieht sich überall um.

Hm! klüger wär's doch wohl gewesen, wenn ich den Lohnbedienten mitgenommen hätte. Man sollte freylich denken, man brauchte keinen Wegweiser, wenn man die Wohnung der zukünftigen schönern Hälfte seiner Existenz aufsucht; man sollte glauben, da müßte einem das Herz zum Lohnlakey dienen, und man müßte es dem Hause gleich an der Physiognomie ansehen können, das einen so kostbaren Schatz in sich enthält. — Sackerlot! — was ich da auf einmal für einen Schwall von schönen Gedanken ausgehaucht habe! Schade, daß ich meine Tabletten nicht bey mir habe. Die zukünftige schönere Hälfte meiner Existenz, das Haus mit der Physiognomie, und das Herz als Lohnlakey; was das für ein herrliches Madrigal in einen Musenalmanach gäb, wenn es, einer unserer Dutzend = Poeten in Reime brächte! — (Er sieht sich wieder um.) Der Beschreibung nach kann ich nicht weit vom Sachautschen Hause seyn, und gleichwohl bleibts hier (auf das Herz fühlend) ganz ruhig. Entweder mein Magnet taugt nicht viel, oder es giebt keine Ahndungen. — Buchenhain! —

Sechster Auftritt.

Baron Rosenthal. v. Buchenhain.

Buchenh. (eilt in seine Arme.) Lieber Herzensfreund! — Du hier? — und das muß ich erst jetzt erfahren?

Rosenth. Ja liebes Brüderchen! das mußt du mir nicht übel nehmen. Ich weiß es selbst erst seit einer Viertelstunde. So lang kann es ungefähr seyn, daß ich zum Thor hereinfuhr.

Buchenh. Und wo hast du dich denn die ganze liebe lange Zeit über herumgetrieben? Weißt du wohl, daß es komplette fünf Jahre sind, seit wir uns in Hamburg verliessen?

Rosenth. O ja, recht gut. Ich war indessen in Amsterdam, in London, in Paris, in der
Schweiz,

Schweiz, am Rhein, und jetzt komme ich geradeswegs von Berlin, wo ich mich anderthalb Jahre lang aufgehalten habe. O mein liebes, liebes Berlin!

Buchenh. Wenn du wirst anderthalb Jahre hier zugebracht haben, so sagst du gewiß mit eben so grossem Enthusiasmus: O das liebe, liebe Wien!

Rosenth. Das glaub' ich auch. Du kannst dir nicht vorstellen wie begierig ich bin, Wien kennen zu lernen; ich habe mir es mit Fleiß auf die letzt verspart; aber du, der du schon seit vielen Jahren hier vegetirst, du könntest mir wohl einen Begriff davon geben.

Buchenh. Gern. Frage mich nur, was du wissen willst.

Rosenth. Zum Exempel: Wie sind die Sitten hier?

Buchenh. Sitten? — Ich glaube, du treibst deinen gnädigen Spaß mit deinem unterthänigen Diener! Von Paris und Berlin zu kommen, und nach Sitten zu fragen!

Rosenth. Du hast Recht; ich hätte mich eines Worts nicht bedienen sollen, das so lange schon aus der Mode gekommen ist. Also: wie ist der Ton hier?

Buchenh. So frey und ungezwungen, als man ihn nur immer wünschen kann; jeder thut was Er will, und läßt andre darüber reden, was sie wollen. Liebesintriguen, welche insgeheim getrieben werden, findet man nur noch in unsern Komödien; und Verliebte, die ihr Herz in den Busen ihrer

Vertrauten ausschütten, in Tragödien, die aber nicht einmal mehr gespielt werden. Um fünf Uhr dankt eine Dame ihren Liebhaber ab; um halb sechs Uhr enrollirt sie einen neuen, um sechs Uhr führt sie ihn in den Prater, um sieben Uhr in's Theater, um neun Uhr auf die Bastey, und um halb zehn Uhr ist die ganze Stadt ihre Vertraute.

Rosenth. Das nenn' ich mir Aufklärung! Und solche Verbindungen dauern?

Buchenh. Ewig! — Das heißt, acht, vierzehn Tage, vier Wochen: man hat sie sogar zu ganzen Vierteljahren; aber die sind schon etwas selten. Es geht unsern Weibern mit ihren Liebhabern wie mit ihren Kleidern: man wird sie überdrüssig, wenn man sie zu lange trägt; man legt sie also lieber vor der Zeit ab, und —

Rosenth. Schenkt sie dem Kammermädchen, das sie dann immer noch anzubringen weiß. Ich merke wohl, es ist hier, wie überall. — Und — eure Männer?

Buchenh. Lassen sich pro forma von ihren Weibern bey der Nase herumführen, um zu ihren eigenen kleinen Angelegenheiten desto freyeres Spiel zu haben.

Rosenth. Tout comme chès nous, mon Ami! — Und eure jungen Herren?

Buchenh. Wechseln des Tages zwey bis dreymal die Kleider —

Rosenth. Um sich ihren Freunden und Bekannten immer neu zu machen vermuthlich? Sie könnten keine bequemere Methode wählen.

Bu=

Buchenh. Besuchen recht oft die Hetze —

Rosenth. Um sich den Verstand und das Herz zu bilden.

Buchenh. Und sind übrigens die liebenswürdigsten Wildfänge von der Welt. Ich versichere dich, es giebt jolis Coeurs hier, die es mit jedem aimable Etourdi in Paris aufnehmen können. Sie sind dir im Stande und heben einem Frauenzimmer auf freyer Straße den Hut auf, um ihr ins Gesicht sehen zu können. Und sie sind so kirre, so heimlich; wenn ihnen eine Dame einen Finger erlaubt, so nehmen sie —

Rosenth. Den, an welchem der größte Brillant steckt; nicht wahr? C'est exactement comme chès nous. Die Welt wird alle Tage klüger, und jeder weiß mit seinem Pfunde zu wuchern. Die Herzen steigen und fallen im Preise, je nachdem mehr oder weniger Dukaten auf dem Platze sind.

Buchenh. Und der Werth der Goldbörse, oder die Schmuckschachtel ist eigentlich der wahre Thermometer, nach welchem man die Grade der Leidenschaften abmißt.

Rosenth. Richtig. Ein brilliantner Ring setzt natürlicher Weise eine ungleich beständigere, treuere und uneigennützigere Liebe voraus, als einer mit bloßen Rauten.

Buchenh. Versteht sich! — Wenn du tausend Gulden anlegst, so kannst du dir damit ein Glück erkaufen, um das dich die halbe Welt beneiden wird, diejenigen ausgenommen, die es vor dir um einige Dukaten genossen haben. — Gedenk'st du dich lange hier aufzuhalten?

Rosenth. Nachdem es trifft! Ich bin eigentlich in einer gar possierlichen Absicht hergekommen.

Buchenh. Und die ist?

Rosenth. Ja, das rathe einmal! —

Buchenh. Höre! Du giebst doch deine Reise nicht etwa heraus?

Rosenth. Du denkst wohl gar, ich bin hergekommen mich bey den gastfreyen Bewohnern dieser Stadt satt zu essen, damit ich hernach kann drucken lassen, daß man in Wien viel ißt? — Nein, Freund! Du mußt besser rathen. Ich medisire wohl zuweilen, wie du weißt, aber ich bin doch ehrlich genug, meine Verläumdungen nie drucken zu lassen; und überdem sehe ich für ein reisendes Genie auch wirklich etwas zu honett aus.

Buchenh. Oder bist du gekommen, um eine Abhandlung zu schreiben, wie dem Wucher am besten zu steuern ist?

Rosenth. Glaubst du, daß ich gerne leeres Stroh dresche? Ich kann mir nicht vorstellen, daß diesem Uebel durch meditiren, spekuliren und philosophiren gesteuert werden kann; — da wüßte ich ein besseres Mittel vorzuschlagen.

Buchenh. So? Laß doch hören.

Rosenth. Erzieht eure Kinder besser, würde ich euern Eltern von Stande und Vermögen zurufen; sorgt beyzeiten dafür, daß ihre Köpfe aufgehellt, ihre Herzen veredelt, ihre Begriffe berichtiget und ihre Gefühle verfeinert werden. Wenn ihr das thut,

thut; so könnt ihr so ziemlich sicher seyn, daß sie sich nie durch sinnlose Verschwendung oder kindischen Leichtsinn in den Fall setzen werden, Wucherern in die Hände zu fallen.

Buchenh. Sage mir einmal, hast du etwa auf deinen Reisen eine kleine Streiferey nach dem berühmten Utopien gemacht? Denn dein Mittel schmeckt gewaltig nach dem Lande, in welchem einem die gebratenen Tauben ins Maul fliegen. Aber jetzt zur Sache: Was willst du eigentlich hier? —

Rosenth. (ihm laut ins Ohr.) Mich verheyrathen.

Buchenh. Du? Dich? — Ha, ha, ha! —

Rosenth. Ja, ja, lache wie du willst, es ist doch wahr; wenigstens sehr wahrscheinlich. Oder findest du etwa, daß es zu früh ist?

Buchenh. Das nun eben nicht; wenn unser Weiser auf vierzig zeigt, so ist's nun eben nicht zu früh.

Rosenth. Brüderchen, du hast dich versehen; er zeigt erst auf neun und dreyßig.

Buchenh. Desto besser für dich. Ich wundere mich nur, wie so ein erklärter Schwärmgeist, wie du, es wagen kann —

Rosenth. Ein schreckliches Wagestück, das! — Weißt du denn nicht, daß die jungen Mädchen die lustigen Männer am liebsten haben? Dafür laß du mich sorgen; und mit dem Herumschwärmen legt sich's auch, sobald man ein Hausvater wird. — (Er bricht auf einmal in ein heftiges Gelächter aus.) Ich ein Hausvater! Ha, ha, ha!

Buchenh. Da du selbst drüber lachst, so kannst du mir's um so weniger verdenken. Ha, ha, ha!

Rosenth. Brüderchen, hilf mir immer jetzt drüber lachen, denn es könnte eine Zeit kommen, wo ich drüber weine.

Buchenh. Sage mir, ist deine Zukünftige reich?

Rosenth. Sehr reich. Aber das ist mein geringster Kummer. Ich brauche, dem Himmel sey Dank, keine Frau des Geldes wegen zu nehmen; und wenn ich dir's aufrichtig sagen soll, ich heyrathete lieber eine, die gar nichts hat, denn man will die Erfahrung gemacht haben, daß die reichen Weiber nicht immer die besten Weiber sind. Indessen, wenn mir das Mädchen sonst gefällt, so werde ich mich von einem Bagatell von zwey oder drey Tonnen Goldes auch nicht abschrecken lassen.

Buchenh. Wenn sie dir gefällt? Du wirst dir doch nichts Häßliches ausgesucht haben, Herr Bruder?

Rosenth. Ich habe mir gar nichts ausgesucht, Herr Bruder!

Buchenh. Nichts ausgesucht? — Wie versteh' ich das?

Rosenth. Ich habe meine Leute, die für mich wählen.

Buchenh. Das ist die bequemste Methode zu freyen, die sich denken läßt. Hast du nicht etwa auch deine Leute, die für dich heyrathen?

Rosenth. Um Vergebung, solche Geschäfte verrichte ich nicht gerne durch Mandatarien.

Bu=

Buchenh. Und der Name deiner Schönen? — Ich habe die vollständige Liste aller Mädchen, die hier vegetiren; vermuthlich kenne ich sie.

Rosenth. Ihr Name bleibt vor der Hand noch ein Geheimniß. — Finde ich sie nach meinem Geschmack — und das muß sich noch diesen Abend ausweisen — so erfährst du ihn ohnehin noch Zeit genug; ist das nicht, so ziehe ich in aller Stille wieder ab, wie die Katze vom Taubenschlag, und keine Seele erfährt, auf wen mein Besuch eigentlich gemünzt war.

Buchenh. Sehr gewissenhaft. — Aber sage mir nur, wie du auf den Einfall gekommen bist zu heyrathen?

Rosenth. Ich war vor zwey Jahren mit meinem Onkel in Pyrmont, wo mich der Vater meiner Zukünftigen kennen lernte. Er fand, ich weiß selbst nicht warum, erschrecklich viel Geschmack an deinem unterthänigen Diener, ist ein alter Freund meines Onkels, und da haben denn die beyden alten Herren so eine Brautsuppe für mich zusammen gekocht. —

Buchenh. Wozu ich guten Appetit wünsche —

Rosenth. Danke recht sehr! — Verbitte mir aber das Mitessen. — „Karl, sagte letzthin mein Onkel zu mir, du hast nun lange genug in der Welt herumgetollt; ich dächte, es wäre einmal Zeit, daß du dich fixirtest." — Mich fixiren, lieber Onkel! fragte ich. — Wie meynen Sie das? „Ich meyne, du sollst heyrathen." — — Heyrathen, dacht' ich, hm! Du hast doch fast alles in der Welt versucht, was nur ein braver Kerl versuchen kann, das einzige Heirathen ausgenommen. Du könntest das doch auch probiren; den Hals kann's doch nicht kosten; — und damit ließ ich Postpferde kommen, und fuhr geradesweges hieher.

Buchenh. Ach gut, daß du mir an die Postpferde denkst! (nach der Uhr sehend) Ich muß auch diesen Abend noch welche bestellen laffen.

Rosenth. Willst du verreisen? — Noch diesen Abend?

Buchenh. Nur eine kleine Spazierfahrt; zwo Meilen von hier.

Rosenth. Eine Spazierfahrt? An einem so häßlichen naßkalten Novemberabend?

Buchenh. O in warmer Kleidung und warmer Gesellschaft geht's schon an. Im Vertrau'n — ich nehme ein Mädchen mit.

Rosenth. Ein Mädchen? — Ich fahre mit, Herr Bruder!

Buchenh. Ey gehorsamer Diener, das würde sich schicken; du mußt ja diesen Abend noch mit deiner Braut Bekanntschaft machen.

Rosenth. O das hat nichts zu sagen. Dazu ist morgen auch noch Zeit. So etwas entläuft einem nicht. Kurz, ich fahre mit.

Buchenh. Nein, Herr Bruder! Einmal für alle: Mit kannst du nicht; die Sache ist ernsthaft; das Mädchen ist von gutem Hause und reich.

Rosenth. Also eine förmliche Entführung?

Buchenh. Ihr Vater ist ein Grillenkopf, der mir seine Tochter nicht gutwillig geben will; ich
nehme

nehme mir fie alſo. Wenn du das Entführung nen=
nen willſt —

Roſenth. Lieber ſcharmanter Herzensjunge!
(küßt ihn) Das iſt ſo etwas nach meinem Geſchmack.
Höre, wenn dem ſo iſt, ſo kann ich freylich nicht
mit; aber bey der Hauptexpedizion muß ich ſeyn,
das ſag' ich dir. Man kann nicht wiſſen was vor=
fällt; und dann iſt's immer beſſer, man hat jeman=
den bey ſich, auf den man ſich verlaſſen kann.

Buchenh. O die Sache iſt ſo gefährlich nicht.

Roſenth. Gieb mir ein Commando; oder ich
diene dir als Volontair! Dabey ſeyn muß ich ſchlech=
terdings.

Buchenh. Aber bedenke nur, daß du dieſen Abend
noch zu deiner Braut mußt.

Roſenth. Wenn geht deine Expedizion an?

Buchenh. Schlag ſechs Uhr iſt die Ordre.

Roſenth. Nun alſo, wenn ich meine Zukünftige
um ſieben Uhr kennen lerne, iſt's auch noch Zeit.
Brüderchen, ich geh' dir nicht vom Halſe. Ich
decke den Rückzug, und wenn uns jemand zu nahe
kömmt, ſo ſetzt es blutige Naſen.

Buchenh. Nun meinetwegen, wenn du nicht
anders willſt. — Das iſt wahr, du biſt immer der
alte, immer noch der luſtige Roſenthal.

Roſenth. Und gedenke es auch zu bleiben bis an
mein Ende. Ich lebe nun ſchon ein ganzes hübſches
Packetchen Jahre mit der Welt, und immer habe
ich gefunden, daß ich mit meiner Luſtigkeit weiter
komme, als andere mit ihren Kato = Seelen und
Seneka = Geſichtern.

Buchenh. Du kannst Recht haben. Das denk' ich auch. Gieb mir noch zween solche Kerls, wie du bist, und wir kehren die Welt das unterste zu oberst.

Rosenth. Das wär' excellent; die Seite, die jetzt oben ist, bin ich ohnehin beynahe überdrüssig. Ich möchte schon einmal die andre sehen. (beyde ab)

Ende des ersten Aufzugs.

Zweyter Aufzug.

(Eine einsame Gegend am hintern Theile des Gartens, der am Hause des Herrn von Sachau ist. Im Hintergrunde die Gartenmauer mit einer verschlossenen Thür, auf beyden Seiten Bäume. Es ist finster.)

Erster Auftritt.

Baron Rosenthal. v. Buchenhain.

Buchenh.

Daß auch die verdammten Postpferde so spät kommen mußten! Es ist schon über sechs Uhr.

Rosenth. So gar viel kann's nicht seyn. Ich hörte eben da drüben noch eine Glocke brummen.

Bu=

Buchenh. Also du bleibst hier auf der Wache. Ich eile hinein. (geht nach der Thür)

Rosenth. Geh nur; den Rücken halt ich frey.

Buchenh. (indem er in der Tasche sucht) Wo habe ich denn nun den verwünschten Schlüssel? Ach da! — (er schließt auf, läßt den Schlüssel im Schlosse stecken, und geht hinein)

Zweyter Auftritt.

Bar. Rosenthal allein, indem er auf und abgeht.

Das muß wahr seyn, zur Ausführung solcher Streiche, wobey man keinen Zeugen braucht, giebt's auf der weiten Welt keinen schicklichern Platz als diesen hier. Mercurius scheint in allerhöchst eigener Person hier zu präsidiren; hier nichts als hohe Gartenmauern, da nichts als Bäume, und da drüben ein alter Thurm, aus dessen Ritzen und Spalten die Dohlen und Krähen dem unternehmenden Helden aus sympathetischer Kehle ihr Bravo zukrächzen. Und es ist so öde, so abgelegen; ich glaube, hier suchte der Teufel seine Jungen nicht. (Pause) So viel ist gewiß, ich halte meinen Einzug in Wien auf eine sehr ausgezeichnete Art: ich bin kaum aus dem Wagen gestiegen, und helfe schon ein Mädchen stehlen. Auf meine Ehre, ein brillianter Debut! — Von einem Menschen, der auf Freyers Füßen geht, kann man schwerlich mehr verlangen; und noch dazu, so ganz unbekannter Weise, ohne daß ich einmal die Ehre habe, die Schöne auch nur dem Namen nach zu kennen. Aber das heißt ja nach den strengsten Grundsätzen der christlichen Moral handeln. Man soll ja seine gute Werke ohne alle Rücksicht auf die Person, bloß um der guten Sache willen ausüben —— Horch! — da rührt sich etwas! — (Henriette erscheint in der Gartenthür) — Eine weibliche Gestalt! Das wird die Dame quästionis seyn. Aber wo ich recht sehe, ist sie ganz allein. Wo Henker muß denn Buchenhain stecken?

Dritter Auftritt.

Baron Rosenthal. Henriette.

Henr. (indem sie sich ihm nähert) Da ist er ja wohl? — Warum bleibt er denn so von weitem? — (laut) Wer ist da?

Rosenth. Gut Freund!

Henr. (sich zurückziehend) Mein Gott! — eine fremde Stimme!

Rosenth. Bleiben Sie, mein schönes Fräulein! Damit Sie sehen, daß ich mit zu Ihrer Parthey gehöre; meine Parole ist: „Buchenhain."

Henr. (näher kommend) Wo ist er denn?

Rosenth. Das wollte ich eben Sie fragen. Er ging vor wenig Minuten zu eben der Thüre hinein, wo Sie herauskommen, um Sie abzuholen.

Henr. So muß er eine Seitenallee gegangen seyn, sonst hätt' er mir begegnet. — Mein Gott! wenn er nur käm!

Rosenth. Das wird er doch bald, wenn er Sie nicht findet. Horch! ich höre jemand. Nein! das geht außerhalb der Mauer.

Henr. Wenn's mein Vater wär! (Man hört den alten Sachau in der Ferne brummen) Wahrhaftig er ist's; ich höre es an seinem Zanken mit dem Bedienten! Wenn er mich findet, er bringt mich um!

Rosenth. O das soll er bleiben lassen, so lange ich dabey bin. (das Gemurmel kömmt näher) Aber eben besinne ich mich, das es jetzt gerade nicht die schicklichste Zeit ist, Ihrem Herrn Vater eine Bataille zu liefern; wir wollen ihn vorbey lassen; kommen Sie indessen hinter diese Bäume. (er führt sie schnell ab)

Vierter Auftritt.

Herr v. Sachau. Jakob mit einer ausgelöschten Laterne, beyde bleiben im Hintergrunde.

Sachau. Nun wird der Esel den Schlüssel nicht haben!

Jakob. Ihro Gnaden pflegen ihn ja sonst immer bey Sich zu haben.

Sachau. (sucht in allen Taschen) Nun wo hat ihn denn der Henker?

Jakob. (der indessen zur Thür gekommen ist) Er steckt im Schlosse! Die Thür ist offen!

Sachau. Was! er steckt an? die Thür offen? Das ist mir eine saubere Wirthschaft, das! Wie ist der Schlüssel aus meiner Tasche gekommen?

Schlingel! wer hat aufgeschloſſen? wer iſt hineinge=
gangen? Rede! (er packt ihn bey der Bruſt)

Jakob. Aber, mein Gott! Ihro Gnaden, weiß
ich's denn? war ich denn zu Hauſe?

Sachau. (indem er ihn losläßt) I nun wenn der
Schafskopf nur das Licht nicht ausgelöſcht hätte!

Jakob. Bin ich der Schafskopf, oder der
Wind?

Sachau. Räſonnir' nicht. Her mit dem Schlüſ=
ſel! Das werd' ich ſtreng unterſuchen, wer hinein=
gegangen iſt, (im Abgehn) und wo ich erfahre, daß
du dahinter ſteckſt, Hollunke! — (ab zur Thür
hinein)

Jakob. Das wird eine ſaubere Geſchichte werden!
(ihm nach; und ſchlägt die Thüre hinter ſich zu)

Fünfter Auftritt.

Baron Roſenthal und Henriette, welche wie=
der zum Vorſchein kommen.

Roſenth. Ich habe auch nicht ein Wort verſte=
hen können, was ſie ſprachen; aber es war mir,
als ſchlügen ſie die Thür zu. (er geht nach der Thür)
Richtig! feſt zu!

Henr. Buchenhain hat den Schlüſſel — Aber
wenn ihn mein Vater nur nicht im Garten findet!
Mein Troſt iſt noch, daß er kein Licht hatte.

Roſenth. Ach ſo geſcheut iſt er ſchon, daß er
ihm nicht in die Hände läuft.

Sechster Auftritt.

Die Vorigen. v. Buchenhain innerhalb der Thür.

Buchenh. (halb laut rufend) Rosenthal!

Rosenth. Kömmst du endlich?

Buchenh. Ich bin eingesperrt!

Rosenth. Du armes Vögelchen! — Du hattest ja den Schlüssel?

Buchenh. Freylich, aber ich ließ ihn im Schloße stecken.

Rosenth. Das ist ein Streich, der deinem Mädchen mehr Ehre macht, als deinem Verstande, weil du über die eine den andern vergißt. O ihr Verliebten!

Buchenh. Wenn ich nur wüßte, wo Henriette ist?

Rosenth. Damit kann ich aufwarten. Sie ist bey mir.

Henr. Schon lange, lieber Buchenhain! Nehmen Sie Sich ja in Acht, daß Sie meinem Vater nicht in die Hände gerathen!

Buchenh. O der hat so viel im Hause herum zu lärmen und zu zanken, daß er den Garten drüber vergißt; ich höre ihn von hier aus schreyen und schimpfen.

Rosenth. Aber sage mir, was soll denn nun aus uns dreyen werden? Wie willst du denn herauskommen?

Buchenh. Das weiß der Himmel! die Mauer ist so verdammt hoch. Wenn ich nur eine Leiter finden könnte! Ist das nicht, so muß ich hernach, wenn der Alte ein wenig ruhiger wird, einen Versuch machen, ob ich vorne durchs Haus hinauskommen kann.

Henr. Nur vorsichtig, lieber Buchenhain! Es ist mir zu Tode Angst!

Rosenth. Und was soll ich indessen mit dem Fräulein anfangen? Wir können sie in jetziger Jahrszeit doch nicht die halbe Nacht hindurch unter freyem Himmel stehen lassen!

Buchenh. Weißt du was! Führ sie indessen nach deinem Wirthshause. Sobald ich aus meinem Gefängniß heraus bin, komm' ich nach. — Horch! — Es wird hell vorn im Hause! — Die Thür geht auf! — Man wird vermuthlich den Garten durchsuchen. — Ich werde mich geschwinde auf den alten Nußbaum hinter dem Lusthause retiriren. Da können sie lange suchen, ehe sie mich finden. —

(Ab.)

Siebenter Auftritt.

Baron Rosenthal. Henriette.

Henr. Wenn man ihn nur nicht entdeckt!

Rosenth. Hm, ich fürchte nicht. Solche Vögel sucht man nicht auf den Bäumen. — Also, gnädiges Fräulein! mein Freund hat mir Sie auf Discretion übergeben; Sie sehen daraus, was für ein
gros-

großes Vertrauen er in mich setzet; wenigstens um die Hälfte mehr, als ich in mich setze. Ich an seiner Stelle würde nicht so viel gewagt haben.

Henr. Vieleicht wußte er, daß er wenigstens von m e i n e r Seite nicht zu wagen hätte.

Rosenth. Aber desto mehr von der m e i n i g e n. Noch zwar habe ich nicht die Ehre gehabt Ihr schö= nes Gesicht zu sehen, aber ich weiß, daß Buchen= hain gar keinen schlechten Geschmack hat.

Henr. Ich würde Ihnen für dieses Kompliment danken, wenn es mir nicht zu gleicher Zeit bange für Sie machte. Wenn sie selbst so wenig Vertrauen in Sich setzen, was wollen Sie, daß ich thun soll?

Rosenth. Es auf's Geradewohl mit mir wa= gen. Und sonst ist auch vor der Hand wirklich nichts für Sie zu thun. So viel verspreche ich Ihnen in= dessen, ich will alle Gewalt anwenden, die ich über mich habe, um an meinem Freunde keine Untreue zu begehen. Aber mein Fräulein! Sie müssen auch nicht zu schön seyn. (er führt sie ab)

Achter Auftritt.

(Zimmer des ersten Aufzugs. Lichter auf dem Tische)

Wilhelmine (allein)

Was der Alte für ein Getöse macht! Jetzt durch= sucht er den Garten! Ja — da werden sie gleich noch sitzen! — Daß es ihm auch gerade diesen Abend einfallen mußte, durch die Hinterthür herein zu kom= men!

men! — Sie hätten ihm so schön können in die Hände laufen; und da hätt' ich erst das Lärmen hören mögen! Gott Amor hatte seine Hände augenscheinlich im Spiel, und wenn er sich unserer zween Liebesleutchen noch ferner annimt, so würde ich anfangen mir ordentlich etwas drauf einzubilden, daß ich ihnen den Rath gab davonzulaufen.

Neunter Auftritt.

Wilhelmine und Jakob.

Jakob. Um's Himmels willen, Fräulein Minchen! wo ist denn unser gnädiges Fräulein?

Wilhelm. Ist sie nicht da?

Jakob. Nirgends ist sie zu finden! Wir haben das ganze Haus ausgesucht von oben bis unten, und den Garten dazu!

Wilhelm. So wird sie wohl fort seyn.

Jakob. Fort? Aber du meine Güte! wohin denn?

Wilhelm. Das wird sie wohl am besten wissen.

Jakob. Und der alte Herr, der ist kein Mensch! Er spielt uns mit, daß es ein Jammer ist. Dem Johann hat er mit seinem spanischen Rohr eins über den Rücken gegeben, daß er zusammen stürzte.

Wilhelm. Johann soll nur thun, als ob sein Rücken jemand anderm gehörte, da thun die Schläge nicht halb so weh.

Jakob. Und mir hat er vom linken Ohr beynahe ein Stück weggerissen.

Wilhelm. Vielleicht fand er, daß deine Ohren immer noch lang genug bleiben, wenn man auch ein Stück davon abreißt.

Jakob. Aber du meine Güte, was kann ich denn dafür? Ich bin ja nicht einmal zu Hause gewesen. Aber ich weiß schon, ich muß alles ausbaden, ich! Alles muß ich gethan haben! Ich glaube, wenn das gnädige Fräulein — der Himmel verzeih mir's! — in's Kindbett gekommen wär, der arme Jakob müßte auch daran Schuld seyn. — Ich höre den Herrn! Ich will geschwind mein rechtes Ohr salviren, sonst reißt er mir das auch noch ab. (läuft ab. Herr von Sachau zankt hinter der Coulisse)

Wilhelm. (allein) Da kömmt der alte Vulkan! Puh! — heute giebt's eine gewaltige Eruption! Nun wird's über mich hergehen. Der Himmel geb's gnädig.

Zehnter Auftritt.

Wilhelmine, Herr von Sachau.

Sachau. Wo ist mein Mädchen? Wo ist mein Kind?

Wilhelm. Vermuthlich an einem Orte, wo sie lieber ist als hier.

Sachau. Ist das eine Antwort?

Wilhelm. Freylich, lieber Onkel, und meines Erachtens die allervernünftigste, die nur auf Ihre

Frage zu geben ist; denn wenn sie nicht da lieber wär', wo sie jetzt ist, so wär' sie ja hier geblieben.

Sachau. Ich kann's wohl errathen, mit wem sie ist. Aber das soll ihr übel bekommen. In's Zuchthaus laß' ich sie sperren, und ihren Verführer dazu.

Wilhelm. Das ist billig. Es wär' auch Jammer und Schade, wenn man die armen Kinder trennen wollte, da sie sich's so sauer werden liessen, zusammen zu kommen. Aber, Onkelchen, in Nürnberg hat man in dem Stücke eine eigene Gewohnheit; dort hängt man den Dieb nicht eher, bis man ihn hat.

Sachau. O ich erwische sie, dafür steh' ich dir! Ich erwische sie ganz gewiß! Ich habe es schon unter allen Thoren anzeigen lassen; und wo ich alsdann höre, daß du die Hand mit im Spiel gehabt hast, so kannst du dich freuen; das sag' ich dir indessen als guter Freund! Und ich komme dahinter! Ich komme gewiß dahinter!

Wilhelm. Wissen Sie was, lieber Onkel! damit Sie nicht erst eine weitläufige Inquisizion nöthig haben, so will ich Ihnen lieber gutwillig sagen, was ich weiß. Das ganze Verdienst also, das ich bey der Sache habe, ist, daß ich Henrietten aus Leibeskräften zugeredet habe, mit dem Herrn von Buchenhain durchzugehen.

Sachau. Unerhörte Unverschämtheit.

Wilhelm. Unerhört? Nein, das ist sie nicht. Ich habe Ihnen ja nur erst vor einigen Stunden fast eben daßelbe gesagt; besinnen Sie sich nur.

Sachau. Ein Kind gegen die Befehle seines Vaters aufzuwiegeln!

Wilhelm. (bey Seite) Ich muß nur noch ein wenig mit ihm disputiren, so vergißt er die Hauptsache drüber.

Sachau. Was murmelst du?

Wilhelm. Haben Sie mich nicht verstanden, Onkel? Warten Sie, ich will es Ihnen wiederholen. Ich weiß, sagte ich, daß ein Kind seinem Vater unumschränkten Gehorsam schuldig ist; aber ich glaube auch, daß ein Vater seine Gewalt nicht mißbrauchen darf.

Sachau Heißt das seine Gewalt mißbrauchen, wenn man es mit seinem Kinde gut meint? wenn man es glücklich machen will?

Wilhelm. Alles, was gut gemeint ist, lieber Onkel, ist darum nicht gut. Ein Vater kann einen Mann recht sehr nach seinem Geschmacke finden; aber deswegen ist's nicht die Folge, daß ihn die Tochter auch nach ihrem Geschmacke finden muß; und es ist doch traurig für so ein armes Geschöpf, die ganze Zeit ihres Lebens mit einem Manne zubringen zu müssen, den sie nicht mag; und bloß darum, weil ihr Vater die Caprice hatte, ihn zum Schwiegersohn haben zu wollen.

Sachau. Caprice! Da höre man! — Caprice! Das sind so die schönen neumodischen Grundsätze, die ihr aus Romanen und Komödien aufschnappt! Eure Eltern dürfen nur etwas wollen, so schreyt ihr gleich über Tyranney, Eigensinn, Caprice! Aber ihr hochweisen Grazien —

Wilhelm. Wir hochweisen Grazien sind die albernsten Dinger, die zwischen Himmel und Erde herumkrabbeln; das gebe ich Ihnen zu, Onkelchen. Glauben Sie mir, ich kenne mein Geschlecht! Die allerklügste von uns ist immer noch nicht halb so klug, als ein mittelmäßig kluger Mann. Und wo sollten wir auch klug werden? Am Nähtisch und beym Strickstrumpf lernt man wahrhaftig die Welt nicht kennen.

Sachau. Und eben deswegen muß ein Mädchen ihrem Vater folgen, weil er mehr Vernunft hat als sie.

Wilhelm. Hm, eigentlich wohl; aber wie, wenn wir das Ding so herumdrehten: Sie, als Vater, und folglich der klügere Theil, zogen bey der Wahl Ihres Schwiegersohns Ihre Vernunft zu Rathe, für die ich allein Respekt habe, und die ich für eine recht sehr vernünftige Vernunft halte; Ihre Tochter hingegen, als der alberne Theil, zog bey der Wahl ihres Geliebten ihr Herz zu Rathe —

Sachau. Nun — was soll aus dem Gewäsche folgen?

Wilhelm. Das sollen Sie gleich hören, lieber Onkel! — (fortfahrend) Nun sagt ein altes bewährtes Sprichwort: „Der klügste giebt nach;" und da in unserm Falle Ihre Vernunft offenbar die klügste ist, so ist auch nichts billiger, als daß sie dem Herzen Ihrer Tochter nachgiebt.

Sachau. Daraus wird nichts, durchaus nichts! Ich gebe nicht nach!

Wilhelm. Nun, wie Sie wollen, Onkelchen, wie Sie wollen. Es war ja nur ein unmaßgeblicher Vorschlag von mir!

Sachau. Buchenhain hat kein Vermögen —

Wilhelm. Das ist ein Fehler, den Sie allenfalls in jeder Minute verbessern könnten. —

Sachau. Was? Ich sollte meine Tochter so einem armen Schlucker nachwerfen?

Wilhelm. Ihm nachwerfen? Das brauchen Sie ja nicht; sie geht ja gutwillig mit ihm.

Sachau. Das will ich ihr schon vertreiben! Der Baron Rosenthal soll und muß mein Schwiegersohn werden!

Wilhelm. Der Baron Rosenthal? Dem Himmel sey Dank, endlich wär' der Name heraus. Hätten Sie ihn uns doch eher genannt, lieber Onkel; wer weiß, ob Henriette alsdann fortgelaufen wär'? Die Rose ist die Blume der Liebe. Wirklich, seit ich den Namen unsers unbekannten Bräutigams weiß, habe ich eine viel vortheilhaftere Idee von ihm als vorher. Ich stelle mir den Mann durch und durch rosenfarb vor. Ich freue mich recht darauf, ihn zu sehen.

Sachau. Und ich wahrlich nicht! Ich sehe nicht ein, mit welchem Gesichte ich ihm unter die Augen treten soll! Da stehen werd' ich, wie ein Esel! Ich kann doch nicht sagen: Herr, Ihre Braut ist mit einem andern davon gelaufen! — Und er kömmt heute, er kömmt diesen Abend noch, das weiß ich zuverlässig. Daß ein solcher Schimpf auf meine Familie kommen mußte! — Den Kopf möcht' ich mir

mir gegen die Wand rennen! Und daran bist du Schuld! — Daß ich mir eine solche Schlange im Busen erziehen mußte!

Jakob. Der Herr Baron v. Rosenthal will Ihro Gnaden aufwarten.

Sachau. Nun da haben wir's! — Ich lasse mir die Ehre auf morgen — Nein, das geht nicht! — (zu Wilhelminen) Du kannst ihn empfangen — Ich lasse mich nicht vor ihm sehen, nicht eher, als bis wir Henrietten wieder haben. Sieh, was du ihm weiß machst; aber untersteh dich nicht, ihm etwas von Henriettens Durchgehn zu sagen!

Wilhelm. Aber was soll ich ihm denn sagen?

Sachau. Sage ihm — sage ihm was du willst, nur nicht die Wahrheit. Ihr Mädchen könnt ja sonst lügen wie gedruckt. — (zu Jakob) Geh hinunter, sage: ich sey zwar nicht zu Hause, aber er soll sich nur herauf bemühen. (Jakob ab. Zu Wilhelminen) Mache deine Sachen klug, das rath' ich dir.

(Ab.)

Elfter Auftritt.

Wilhelmine (allein.)

Der Onkel setzt da meinen Verstand auf eine Probe, bey der ich mir Ehre machen kann, wenn ich mich gut herausziehe. Privilegirt wär' ich also, ihm etwas weiß zu machen; aber was ich ihm weiß mache? (nachdenkend) „Henriette ist verreist." Hm, das käm' der Wahrheit am nächsten. „Aber
was

was hat sie nöthig, just an dem Tage zu verreisen, an welchem sie ihren Bräutigam erwartet? — Das würde sich schicken! Nein, verreisen kann ich sie durchaus nicht lassen; denn das würde ihm nicht wenig auffallen. — Lieber krank seyn! — Aber krank in einer solchen Krisis? Wenn ein Mädchen heyrathen soll, da hat sie auch gleich Zeit krank zu werden! Es müßte aus Sehnsucht seyn; aber das hieß sich gewaltig bloßgeben! — Wie albern ich auch bin! zerbreche mir da den Kopf, als ob ich Wunder 'was wichtiges vor mir hätte, und am Ende kömmt's auf nichts an, als auf eine Nase, die ich einem Manne drehen soll. Pfui, schäme dich, Wilhelmine! Als ob ein Mädchen erst auf eine solche Kleinigkeit lange zu studiren brauchte! Wenn das deine Mitschwestern erfahren, sie sind im Stande, und stoßen dich aus lauter Esprit de Corps aus ihrer Zunft. — Horch! Er kömmt! Also, der Himmel gebe es gnädig!

Zwölfter Auftritt.

Wilhelmine, Baron Rosenthal.

Rosenth. Mein Fräulein, ich rechne diesen Tag unter die glücklichsten meines Lebens.

Wilhelm Herr Baron, Sie könnten mir nichts angenehmeres sagen; denn es macht mir immer ein ausserordentliches Vergnügen, glückliche Leute zu sehen.

Rosenth. Ein Vergnügen, das nur schöne Seelen in seiner ganzen Lauterkeit zu fühlen im Stande sind.

Wilhelm. (für sich) Wahrhaftig, das ist kein Bräutigam, vor dem man eben davonzulaufen braucht!

Rosenth. (für sich) Sie ist ganz allerliebst. Ich habe in der That mehr Glück, als ich verdiene.

Wilhelm. (für sich) Er besieht mich sehr aufmerksam! Wenn das Glück gut ist, so mache ich wohl gar eine Eroberung an ihm.

Rosenth. (für sich) So hübsch hätte ich mir sie nicht vorgestellt.

Wilhelm. (für sich) Das viele Reden scheint seine Sache eben nicht zu seyn; ich muß nur die Honneurs vom Hause machen, und das Gespräch mit einer recht interessanten Frage eröffnen. (laut) Haben Sie auf Ihrer Reise recht gut Wetter gehabt, Herr Baron?

Rosenth. (mit einem Bückling) Ich verstehe den Stich, mein Fräulein!

Wilhelm. Was für einen Stich, Herr Baron?

Rosenth. Wenn eine Person von Ihrem Verstande —

Wilhelm. Von meinem Verstande? Wissen Sie denn schon, daß ich Verstand habe?

Rosenth. Den haben Sie ganz gewiß, oder Ihr Gesicht müßte trügen. — Wenn eine Person von Ihrem Verstande sich herabläßt, vom Wetter zu sprechen, so setzt sie entweder voraus, daß der,

mit

mit welchem sie spricht, keiner beſſern Unterhaltung werth iſt —

Wilhelm. Was Sie da meinen Worten für eine boshafte Deutung geben!

Rosenth. Es wär' auch in der That zu boshaft, als daß ich's einem Frauenzimmer zutrauen könnte, das so gut, so vortreflich iſt als Sie.

Wilhelm. Da Sie meine Vertheidigung übernehmen, so brauch' ich's nicht zu thun. Aber wenn ich fragen darf: Wissen Sie auch gewiß, daß ich so gut bin?

Rosenth. Dafür bürgt mir Ihre Physiognomie! — Ihre Worte enthielten also einen ſtillſchweigenden Vorwurf, daß ich ſo unartig war, das Geſpräch nicht zu eröffnen; und ich würde diesen Vorwurf verdienen, wenn Sie es nicht selbſt geweſen wären, die mir die Zunge feſſelte.

Wilhelm. Ich? — Wie denn das?

Rosenth. Blödigkeit ist ſonſt mein Fehler nicht, und es geſchieht nur ſelten, daß ich um Stoff zu Geſprächen verlegen bin. Es muß ein mehr als gewöhnlicher, ein auſſerordentlich reizender Gegenſtand seyn, der mich um die Sprache bringt.

Wilhelm. Pflegen Sie immer ſo ſcherzhaft zu ſeyn, Herr Baron?

Rosenth. Scherzhaft? — Nein, mein Fräulein! Es iſt mein wahrer Ernſt. Sagen Sie mir, ſehen Sie nie in den Spiegel?

Wilhelm. Hm, freylich. — Welches Mädchen thut das nicht! Man muß doch wenigſtens wiſſen, ob das Kopfzeug ſchief oder gerade ſitzt.

Ro=

Rosenth. Und gab Ihnen Ihr Spiegel von nichts anderm Rechenschaft, als von Ihrem Kopfzeuge? Sagte er Ihnen nicht auch, daß Sie schön wären?

Wilhelm. Glauben Sie denn, mein Spiegel ist so galant, als Sie sind?

Rosenth. Galant? Mein gnädiges Fräulein, ich bin nur gerecht, und Gerechtigkeit ist doch am Ende das wenigste, was ein Mensch vom andern fodern kann. Im Grunde genommen ist's auch nur ein Kompliment, das ich der Natur mache; denn diese war es ja, die Sie so schön formte. Aber wenn ich Ihnen saga, daß Sie ein Mädchen von Kopf, von ausgebildetem Geschmack, von feinem Gefühl sind, so —

Wilhelm. Ist das auch ein Kompliment!

Rosenth. Ja — aber ohne Schmeicheley — ein Kompliment, das Sie ganz allein angeht.

Wilhelm. Aber sagen Sie mir, Sie Tausendkünstler! woher wissen Sie denn alle diese schönen Dinge von mir? Sie sehen mich zum erstenmal in Ihrem Leben, und beschreiben mich schon mit so viel Zuversicht, wie ein Steckbrief.

Rosenth. Ich verstehe mich auf die Physiognomie, mein Fräulein.

Wilhelm. Hm! Was das betrifft, Herr Baron, da möcht' ich Ihnen wohl rathen, nicht gar zu viel darauf zu bauen; besonders hier nicht; denn, wie Kenner behaupten, soll es hier weibliche Gesichter geben, die selbst Lavatern konfus machen könnten.

Rosenth. Unter diese Anzahl gehört das Ihrige gewiß nicht. Der Griffel der Natur und Wahrheit ist zu unverkennbar darin. Sie können sich nicht besser davon überzeugen, als wenn Sie mir erlauben, in Ihrer schönen Physiognomie ein wenig zu studiren. — Wenn ich falsch lese —

Wilhelm. So hat die Natur nicht deutlich genug geschrieben. Nicht wahr? Ja! Die Natur ist ein Frauenzimmer, und die schreiben nicht immer die leserlichsten Hände. — Also lesen Sie einmal zur Probe.

Rosenth. (ihr genau ins Gesicht sehend) In dieser schönen Wellenlinie, die sich mit so unnennbarem Reize über Ihrem linken Auge hinschlängelt, lese ich, daß Sie das beste Herz von der Welt haben.

Wilhelm. Da hat die Natur wohl ein wenig zu viel hingeschrieben. Ich bin gerade keine von den schlimmsten, aber unter die besten gehöre ich auch nicht.

Rosenth. Warten Sie nur — lassen Sie mich die Phrase vollends auslesen. — Aber eben da ich diese Linie verfolge, stoße ich da auf ein Grübchen, das von der Hand eines Liebesgottes gegraben zu seyn scheint —

Wilhelm. Das find' ich aber unartig von diesem Liebesgott! — Was hat denn der junge Herr in meiner Physiognomie herumzugraben?

Rosenth. O dergleichen unschuldige Freyheiten nehmen sich solche Geschöpfchen bey hübschen Mädchen oft heraus; und dieser da that es nicht ohne Ursache, denn wie hätte ich sonst erfahren können,

daß

daß Ihr gutes Herz mit einer starken Portion Schelmereyen versetzt wäre?

Wilhelm. Mit einer starken Portion? Da muß er auf's Wort zu tief gegraben haben. Ich habe gerade nur so viel, als man in's Haus braucht.

Rosenth. Und wie viel ist das ohngefähr?

Wilhelm. Kaum halb so viel, als eine ehrliche Frau braucht, um mit ihrem Manne auszukommen. — Beliebt Ihnen weiter zu lesen?

Rosenth. Hier über Ihrem rechten Auge — Doch ich kann mich bey den einzelnen Theilen unmöglich länger verweilen, da mir das Ganze etwas sagt, das den kaltblütigsten Epiktet ausser sich, und sein Blut in Feuer und Flammen setzen könnte.

Wilhelm. Sie machen mich ordentlich neugierig. — Und das ist?

Rosenth. Daß — Sie für mich bestimmt sind.

Wilhelm. Hören Sie, diesmal sagt mein Gesicht wohl mehr, als es verantworten kann. — (für sich) Jetzt merk' ich's erst — er nimmt mich für Henrietten.

Rosenth. Wie so, mehr als es verantworten kann?

Wilhelm. Je nun, ich meine — (für sich) Ich mag ihm nicht aus dem Traume helfen. (laut) Ich meine, weil es ein Weibergesicht ist, und dem darf man nicht alles auf's Wort glauben.

Rosenth. (sie umfassend) Und wünschten Sie, daß es diesmal die Unwahrheit gesagt hätte?

Wilhelm. (schalkhaft) Das ist eine Gewissensfrage, Herr Baron! Da Sie so ein grosser Phy-
siog=

fiognomiker sind, so müssen Sie doch das auch in meinem Gesichte lesen können?

Rosenth. Ich sehe wohl da etwas, aber — wahrhaftig, ich wage es kaum zu glauben, daß ich recht sehe.

Wilhelm. Und was sehen Sie denn?

Rosenth. Daß ich Ihnen nicht ganz gleichgültig bin.

Wilhelm. Wirklich? Was ich für eine alberne Schwätzerinn von einer Physiognomie haben muß!

Rosenth. Jetzt Scherz bey Seite, liebes Mädchen; sagen Sie mir, gefalle ich Ihnen?

Wilhelm. Sie beliebten mich vorhin für ein Mädchen von ausgebildetem Geschmack zu erklären, Herr Baron! Ich darf Sie also nicht Lügen strafen.

Rosenth. Diese Antwort ist ein wenig auf Schrauben gesetzt. Darf ich wohl um eine bestimmtere bitten?

Wilhelm. Daß ihr Herren alles so bestimmt haben müßt! Also ohne Schrauben; Sie mißfallen mir ganz und gar nicht.

Rosenth. Trallallera! — (springend) Liebstes, bestes, englisches Mädchen! sagen Sie mir, wenn ist die Hochzeit?

Wilhelm. Welche Hochzeit, Herr Baron?

Rosenth. Welche Hochzeit? Was das für eine Frage ist! Sind Sie nicht das Fräulein von Sachau?

Wilhelm. Ja, das bin ich.

Ro-

Rosenth. Nun, also unsere Hochzeit! Ich bin ja ausdrücklich deswegen nach Wien gekommen, um Sie zu heyrathen.

Wilhelm. Um mich zu heyrathen?

Rosenth. Auf Ehre und Gewissen!

Wilhelm. Wenn ich Sie beym Wort nähme?

Rosenth. Ba! thun Sie das! Wenn ich Sie nicht heyrathe, so soll mich gleich —

Wilhelm. (hält ihm den Mund zu) Pfui doch! schwören Sie nicht; Sie müßten hernach nur Ihren Schwur halten, und ein Mann wie Sie sollte gar nicht heyrathen.

Rosenth. Nicht? — Warum sollt' ich denn nicht heyrathen?

Wilhelm. Weil es um Ihren guten Humor Schade wäre.

Rosenth. Als ob die Ehe dem Humor Eintrag thäte?

Wilhelm. Wenigstens gewinnt der Humor sehr selten dabey, wie Kenner wollen bemerkt haben.

Rosenth. O bey einer Frau wie Sie würde der Humor wenig Gefahr laufen. Das ist eine leere Ausflucht; wenn Sie keine bessere wissen, so nehme ich den Korb nicht an.

Wilhelm. Den Korb? — Es ist ja noch von keinen Körben zwischen uns die Rede gewesen.

Rosenth. Nicht? — Nun desto besser! Also Sie schlagen ein?

Wilhelm. (für sich) Der geht rasch zu Werke. Das ist eine kleine Versuchung für mich, dem Onkel einen Streich zu spielen.

Rosenth. Warum sind Sie denn in so tiefen Gedanken? Ich glaube Sie überlegen? Pfui! Das Ueberlegen ist heut zu Tage bey solchen Gelegenheiten nicht mehr Mode. Man heyrathet frisch weg, und überlegt's hinter drein.

Wilhelm. Jählinge Sprünge gerathen selten, Herr Baron!

Rosenth. Aber wenn sie gerathen, sind sie desto schöner.

Wilhelm. Darauf wag' es wer will; ich thu' es nicht. Man muß doch wenigstens einander kennen lernen.

Rosenth. Und kennen wir denn etwa einander nicht? Sie wissen, daß ich der Baron Rosenthal bin; ich weiß, daß Sie das Fräulein von Sachau sind, und damit Punktum! Was das näher kennen betrifft, damit inkommodiren Sie sich bey meiner Wenigkeit nicht. Ich lebe nun schon neun und dreyßig Jahre lang mit mir in der innigsten unzertrennlichsten Vertraulichkeit, und ich versichere Ihnen, ich kenne mich noch nicht, und habe es auch nie der Mühe werth gehalten, meine nähere Bekanntschaft zu machen. — Also eingeschlagen, meine schöne Braut!

Wilhelm. Lassen Sie uns von etwas anderm sprechen, Herr Baron!

Rosenth. Warum denn von etwas anderm? Die Materie ist so schön, so reitzend; und da wir einmal so weit im Texte sind —

Wilhelm. Eben deswegen. Ich will vor der Hand nicht weiter in den Text kommen. Ich habe meine Urſachen, die Sie zu gehöriger Zeit ſchon erfahren werden. — Was ich ſagen wollte — Ihre Zimmer ſind ſchon bereit, und es ſteht bey Ihnen, ob Sie ſie dieſen Abend noch beziehen wollen. (ſie klingelt.)

Roſenth. Freylich will ich das! — Ich habe eventualiter meine ganze Bagage bis auf einige Kleinigkeiten mitgebracht. Wer wollte nicht wünſchen, ſobald als möglich mit Ihnen unter Einem Dache zu ſeyn? Eben beſinne ich mich, daß mein Wagen noch unten hält.

(Ein Bedienter mit Lichtern.)

Wilhelm. Wenn's Ihnen gefällig iſt, Herr Baron! Dieſer Menſch wird Ihnen Ihre Zimmer zeigen.

Roſenth. Alſo wenn Sie erlauben — Aber wenn ich das Glück habe Sie wieder zu ſehen, darf ich doch gerade da wieder anfangen, wo wir in unſerm Text ſtehen blieben? —

(Ab mit dem Bedienten.)

Dreyzehnter Auftritt.

Wilhelmine (allein.)

Dem Himmel ſey Dank! den erſten Sturm hätt' ich alſo glücklich abgeſchlagen! — Wie ich da auf ſo eine allerliebſte Art zu einem Manne kommen könnte! Aber pfui — wenn man mich nicht anders heyrathen will, als par mepriſe, ſo ſoll man mich lieber gar nicht heyrathen.

Vier-

Vierzehnter Auftritt.

Wilhelmine. Herr von Sachau. Vor ihm Jakob.

Jakob. (sieht sich von allen Seiten um, und ruft dann zur Thür hinein.) Er ist fort! — (Ab.)

Sachau. Das ist wahr, eine allerliebste Wirthschaft, wenn sich der Vater vor dem Bräutigam seiner eignen Tochter verstecken muß!

Wilhelm. Aber warum verstecken Sie sich denn vor ihm? Er ist gar nicht so böse, als Sie etwa glauben.

Sachau. Der Schimpf, der mir und meiner Familie widerfahren ist — Rasend möcht' ich werden! — Ich glaube, die Schande steht mir auf der Stirne geschrieben!

Wilhelm. Ach glauben Sie das nicht! Ich sehe keinen Buchstaben. Ja wenn Ihnen Ihre Frau durchgegangen wär', dann — aber es ist ja nur Ihre Tochter.

Sachau. Was habt ihr denn so lange mit einander geplaudert?

Wilhelm. (für sich) Das braucht er vor der Hand eben nicht so gar genau zu wissen. (laut) Was wir geplaudert haben, lieber Onkel? — von lauter gleichgültigen Dingen, vom Wetter, von seiner Reise, was weiß ich? Was man so mit Leuten spricht, die man das erstemal sieht. Wissen Sie wohl, daß er so glücklich ist neuen allerhöchsten Beyfall zu haben? In der That, Onkel! Sie sind ein Mann von Geschmack! Ich möchte Sie beynahe bitten mir auch einen Bräutigam auszusuchen, weil Sie sich so gut darauf verstehen. Hätte ich gewußt, was ich jetzt weiß, Henriette hätte mir keinen Fuß dürfen aus dem Hause setzen! Mir wäre er lieber als Buchenhain.

Sachau. Nun, hab' ich's nicht gesagt? Aber das Ey will immer klüger seyn, als das Huhn. Ihr albernen Dinger wißt nicht was euch gut ist. Wenn ich sie nur dasmal wieder hätte. Eher kann ich dem Baron nicht unter die Augen kommen.

Wilhelm. Das werden Sie doch wohl nicht gut vermeiden können, lieber Onkel, da er hier im Hause wohnt.

Sachau. Ist er schon eingezogen?

Wilhelm. Freylich! Ich habe ihm eben sein Zimmer anweisen lassen. Natürlicher Weise wird er also auch bey uns diesen Abend speisen, und allein können Sie mich doch nicht mit ihm essen lassen; das schickt sich doch nicht. Eben fällt mir ein, daß ich nach der Küche sehen muß. Wir müssen doch unsern Bräutigam ohne Braut auf eine Art schadlos halten. (läuft ab)

Sachau. (allein) Den Bräutigam ohne Braut! Das Wettermädchen foppt mich, glaub' ich, noch! Wart nur, das soll dir theuer zu stehen kommen. Wenn ich nur erst mein Mädchen wieder habe, dann will ich aus einem andern Tone sprechen. (klingelt)

Jakob. (erscheint)

Sachau. Nun wie steht's? — Noch keine Nachricht?

Jakob. Christoph muß etwas auf dem Korne haben. Er kam eben auf einen Augenblick nach Hause, lief aber gleich wieder fort, und trug mir auf, Ihro Gnaden zu sagen, er würde vieleicht in einem halben Stündchen Ihro Gnaden etwas bestimmtes melden können.

Sachau. Wenn er wieder kömmt, daß man ihn gleich zu mir schickt.

Fünfzehnter Auftritt.

Herr v. Sachau. Baron Rosenthal, (welcher schnell eintritt.)

Rosenth. Ach, lieber Schwiegerpapa! — ich freue mich von ganzem Herzen Sie zu sehen.

Sachau. (verlegen) Auch mir ist es recht angenehm — recht sehr angenehm — (leise) Ein paar Tage später wär' mir's noch lieber gewesen.

Rosenth. Nun, ich hoffe, es ist doch alles noch beym Alten?

Sachau. (bey Seite) Was will er denn mit der Frage? (laut) Wie so? beym Alten!

Rosenth. Ich meine, ob Sie noch gegen mich so denken wie sonst? — Was Ihre schöne Tochter betrifft, da weiß ich schon, was ich weiß.

Sachau. (stuzend) Sie wissen schon? — Und was wissen Sie schon?

Rosenth. (im scherzhaft geheimnißvollen Tone) Man sagt das nicht gern. (komischwichtig) Die Gewalt, die ich mir anthue zu schweigen, macht meiner Bescheidenheit nicht wenig Ehre.

Sachau. (hastig) Hat's Ihnen Wilhelmine etwa gesagt? —

Rosenth. (einfallend) Hm, geradezu gesagt nun eben nicht, aber so das und jenes errathen lassen.

Sachau. (heftig und polternd) Das Wettermädchen! — Auch das hat sie nicht gesollt! Hätt' ich gewußt, daß Sie nur das geringste davon vermutheten, ich wär' Ihnen nicht unter die Augen gekommen.

Rosenth. Und warum denn nicht unter die Augen?

Sachau. Für was müssen Sie mich halten?

Rosenth. Sie? Für einen Vater, der eine hübsche Tochter hat; und da ich einmal der bestimmte Bräutigam dieser Tochter bin, so ist mir das viel lieber, als wenn sie häßlich wäre.

Sachau. Meine Schuld ist es nicht, das können Sie glauben! Ich habe das Mädchen gehütet, wie ein Aug' im Kopfe. Mit jungen Mannspersonen habe ich sie gar nicht umgehen lassen. Und gerade heute — Weiß der Himmel, wo sie die Unverschämtheit hergenommen hat!

Rosenth. Die Unverschämtheit! Lieber Himmel! was ist's denn nun weiter? Wenn ein Mädchen Fleisch und Blut hat, so —

Sachau. Entschuldigen läßt sich freylich alles; und es ist ein Glück, daß Sie vernünftig genug denken, so etwas gerade für das zu nehmen, was es ist, für eine jugendliche Uebereilung. Tausend andere Männer würden viel mehr Aufsehens darüber machen.

Rosenth. Das müßten welche aus den Zeiten seyn, wo man um eine Frau vierzehn Jahre lang Schafe hütete. Aber in unserm offenherzigen Zeitalter, wo der Liebhaber von seinem Mädchen oft am ersten Tag seiner Bekanntschaft mit ihr so viel hört, als sonst der Ehemann von seiner Frau kaum im dritten Jahre nach der Hochzeit zu hören bekam; o da fällt so etwas nicht mehr auf.

Sachau. Das Mädchen ist sonst immer ein recht gutes Kind gewesen, ich kann's nicht anders sagen; und der Himmel weiß, wie es ihr gerade diesmal eingefallen ist. Aber freylich, Jugend hat nicht Tugend, und es kann deswegen immer noch eine brave Frau aus ihr werden. Ein wenig scharf halten müssen Sie sie im Anfange, damit ihr die Romanideen etwas vergehen. (Jakob tritt ein) Giebt's was? — Ich komme gleich! — (Jakob ab) Mit Erlaubniß, Herr Baron! — (er läuft ab)

Rosenth. (allein) Hm! — Das klang sehr sonderbar! Dahinter muß gewiß etwas stecken. — Was kann ihr denn „diesmal eingefallen seyn? „Jugend hat nicht Tugend" — „Es kann deswegen immer noch ein braves Weib aus ihr werden." Wer den Sinn dieses deswegen verstünde! — Daß sie mir zu verstehen gab, ich sey nach ihrem

Geschmack, das kann dieses deswegen nicht bedeuten. — Es muß etwas anders seyn. — Sollte sie einen Liebeshandel gehabt haben? — Ach, was sie gehabt hat, was geht das mich an! — Hab' ich doch auch gehabt! — Da können wir mit einander abrechnen, und ich bleibe immer noch im Reste, und sehr stark im Reste. Aber wenn sie noch hätte? — Ey der Teufel, das wollt' ich mir doch unterthänigst verbitten! — Hm — wie ich's nur von ihr heraus kriege? — (er bleibt nachdenkend stehen)

Sechszehnter Auftritt.
Baron Rosenthal. Wilhelmine.

Wilhelm. So allein, Herr Baron? — und so nachdenkend?

Rosenth. Ich überlege eben, ob's nicht besser ist, wenn sich zwey Leute, die einander heyrathen sollen, vor der Hochzeit von allem, was sie bisher gethan haben, mit aller Aufrichtigkeit Rechenschaft geben.

Wilhelm. Freylich ist's besser; man erfährt gewisse Dinge lieber zu zeitig, als zu spät. — Aber, Herr Baron! mich dünkt, hiebey findet auch eine Einschränkung Statt. Man muß voraussetzen, daß beyde Theile vernünftig genug sind, sich über gewisse Vorurtheile hinauszusetzen, und gewissen Dinge zu übersehen.

Rosenth. (für sich) Ha, ha! — Sie kömmt schon mit der Vorlage! — (laut) Wohl wahr!
Und

Und unser Geschlecht bedarf dieser Nachsicht am meisten.

Wilhelm. Um Vergebung! Meinen Sie, es bedarf dieser Nachsicht gegen das unsrige, oder von dem unsrigen?

Rosenth. Von dem Ihrigen, mein Fräulein! Wer wollte so blasphemiren, und behaupten, unser Geschlecht mußte Nachsicht mit dem Ihrigen haben?

Wilhelm. O nun, was das betrifft, da hat wohl unser Geschlecht dem Ihrigen so gar viel nicht vorzuwerfen. Es ist wahr, wir Weiber werden oft von euch Herrn der Schöpfung betrogen; aber wir wissen uns zu helfen: wir betrügen euch wieder.

Rosenth. (für sich) Nicht übel! Ich muß der Sache näher kommen. (laut) Wollen Sie wohl erlauben, daß ich Ihnen einige Kapitel aus meiner Lebensgeschichte mittheile?

Wilhelm. Mit Vergnügen. Sie sind ein zu galanter Mann, als daß Ihre Lebensgeschichte nicht äußerst unterhaltend seyn sollte.

Rosenth. Ich muß ein wenig früh anfangen. Ich wahr noch nicht dreyzehn Jahr alt, als ich mich das erstemal verliebte —

Wilhelm. Sie haben Recht. Das heißt in der That ein wenig früh anfangen.

Rosenth. Sie werden aber gleich hören, daß meine Geliebte noch früher anfing. Sie war kaum zehn Jahr alt.

Wilhelm. Das gesteh' ich! — Und dieser Gegenstand Ihrer keuschen Flamme —

Rosenth. War die Tochter des Kutschers von meinem seligen Onkel. Wir wußten alle beyde nicht wie uns geschah, erklärten uns unsre Liebe, lasen die Pamela mit einander, und machten das Projekt uns zu heyrathen. Ich machte meinem Onkel einen Fußfall, und denken Sie, der Grausame lachte mir in's Gesicht.

Wilhelm. Unbegreiflich, wie man mit einer so ernsthaften Leidenschaft noch Spaß treiben kann!

Rosenth. Des andern Morgens steckte ich mein Taschengeld zu mir, und ging mit meiner Schönen durch. Man erwischte uns zwo Stunden drauf; die schöne Helene bekam die Ruthe, und Paris auf vier Wochen Zimmerarrest.

Wilhelm. Armer Baron!

Rosenth. Ich wurde zwey Jahre nachher mit meinem Hofmeister auf Universitäten geschickt, und hier machte ich mit einem Mädchen Bekanntschaft, das mir gegenüber wohnte, und sich für eine Baroneße ausgab, obgleich die Nachbarschaft sie nicht recht dafür erkennen wollte. Ich war treuherzig und unerfahren genug, ihr alles auf's Wort zu glauben. Sie erzählte mir eine Menge rührende Geschichten von sich, die mich manche Thränen kosteten. Mein Hofmeister untersagte mir ernstlich allen Umgang mit ihr, und das kettete mich nur noch mehr an meine verfolgte Unschuld. Auf einmal bekam sie — und sie schwur mir, daß sie nicht wisse warum — einen Befehl vom Magistrat, binnen drey Tagen die Stadt zu meiden. Welche Lage für mich! Ich konnte mich nicht entschließen sie zu verlassen. Mein Hofmeister
hatte

hatte gerade frisches Geld für uns bekommen; ich stahl es ihm weg, und ging mit ihr davon.

Wilhelm. Sie hatten aber auch ein bewundernswerthes Talent zum Durchgehen!

Rosenth Ja, Genies werden gebornt! Gleich am ersten Abend wurde meine Schöne krank. Sie ließ sich ein eigenes Zimmer geben, und legte sich zeitig nieder. Ich that ein gleiches; und als ich früh erwachte, war meine Dame mit samt meinem Gelde über alle Berge.

Wilhelm. Ich bin recht froh, daß sie fort ist!

Rosenth Mein Hofmeister kam, löste mich aus, gab mir einen derben Verweis, und nahm mich mit sich zurück nach der Stadt. Bald darauf nahm mich eine schon etwas zu Verstand gekommene Wittwe in die Lehre. O mein Fräulein! was habe ich da geschmachtet und geseufzet! Ein ganzes Jahr wußte sie mich mit Versprechungen und Hoffnungen hinzuhalten; und stellen Sie Sich mein Erstaunen, meine Verzweiflung, meine Wuth vor, als ich mit Einem Male die Entdeckung machte, daß ich bey der Geschichte der Gefoppte war! Ihre Verbindung mit mir war weiter nichts, als ein Deckmantel, unter welchem sie eine Intrigue mit einem begünstigten Liebhaber versteckte, die sie aus gewissen Ursachen nicht wollte ruchbar werden lassen.

Wilhelm. Armer Baron! die Weiber sind aber auch grausam mit Ihnen umgegangen.

Rosenth. O ich hab's ihnen in der Folge wieder eingebracht, und mit Wucher! Sie können nicht glauben, was diese Geschichte meinen ganzen Charakter, meiner ganzen Denkungsart auf einmal für eine Wendung gab. Ich kündigte von nun an dem ganzen weiblichen Geschlecht den Krieg an. ——

Wilhelm. Nehmen Sie Sich in Acht! Sie nehmen es da mit einem sehr furchtbaren Feine auf.

Rosenth. O dieser Feind ist mehrentheils nicht halb so furchtbar, als man glaubt, weil er fast immer den Krieg selbst in sein eignes Land spielt. —— Jetzt seufte, jetzt schmachtete ich nicht mehr; der blöde Schäfer wurde auf einmal ein kleiner Tyrann. Ich spielte den unüberwindlichen, und fand dabey meine Rechnung viel besser, als beym Schmachten. Jetzt hatte ich die Eitelkeit der Weiber gereitzt. Selbst diejenigen, die im Grunde nicht einmal Geschmack an mir fanden, wetteiferten, die Eroberung eines Menschen zu machen, der den Uebermuth so weit trieb, ihren Reitzen Trotz zu biethen. Eine riß mich der Andern aus den Händen. Ich war ordentlich Mode!

Wilhelm. Und um Vergebung —— blieben Sie lange in der Mode?

Rosenth. Zum Erstaunen lange. Denken Sie, beynahe drey Jahre lang! Endlich hatte ich aber auch das Schicksal aller Modewaaren: ich —— ward altväterisch.

Wilhelm. In dieser Zeit müssen Sie aber einen ganz artigen Vorrath von Weiberkenntniß eingesammelt haben.

Rosenth. Gerade so viel, als ich brauchte, um mich mit Ehren durch die Welt zu schlagen, in der ich mich dann auch weidlich herumgetummelt habe.

Jetzt

Jetzt bin ich des Herumschwärmens, jetzt bin ich meiner Freyheit überdrüssig. Ich übergebe sie in Ihre Hände.

Wilhelm. Hm. Herr Baron! bedenken Sie, was Sie thun! Wer so lange frey war, wie Sie, der kann unmöglich die Ketten angenehm finden.

Rosenth. O, Sie mein Fräulein können ja nicht anders als mit Rosenketten fesseln; und die schmerzen nicht. —— Jetzt hätte also ich Ihnen ein aufrichtiges Geständniß abgelegt. ——

Wilhelm. Und darf ich fragen, was ich mit diesem Ihren Sündenregister machen soll?

Rosenth. Gleiches mit gleichem sollen Sie vergelten, schönes Fräulein! Mir mit der nämlichen Offenherzigkeit gestehen ——

Wilhelm. Ihnen gestehen? Wenn ich nun aber nichts zu gestehen hätte?

Rosenth. Sagen Sie lieber: nichts gestehen wollte!

Wilhelm. Nein, Herr Baron! in dieser Gattung habe ich Ihnen wirklich kein Geständniß zu machen.

Rosenth. Sie haben also nie geliebt?

Wilhelm. Geliebt hab' ich nie: Verliebt war ich aber einmal.

Rosenth. Also doch?

Wilhelm. Ja! ich ging erst in mein fünfzehntes Jahr. Es war ein junger Fähndrich, der mein Herz rührte. Ich habe ihn aber in meinem Leben nicht gesprochen, habe mich aus lauter Sittsamkeit nicht einmal erkundigt, wie er hieß. So viel weiß
ich

ich, daß mir die Liebe damals arg mitspielte. Wenn ich las, hüpfte mein Fähndrich auf meinem Buche herum; wollte ich essen, so saß er auf dem Rande meines Tellers; trank ich, so sah ich ihn leibhaftig in meinem Glase. Die Sonne war mir bloß deswegen interessant, weil sie mit seinem Port d'epee einerley Farbe hatte, und den Mond konnte ich nicht leiden, weil er keine Uniform trug. Das Regiment marschirte, der süße Gegenstand meiner Sehnsucht mit, und meine Liebe rückte einige Wochen drauf auch nach. Seitdem habe ich mich nicht mehr mit der Liebe abgegeben, und ich glaube immer, das war Tugend aus Furcht; denn ich muß sagen, ich habe nie viel Zutrauen zu Ihrem Geschlechte gehabt. Das ist zwar freylich kein großes Kompliment, das ich Ihnen mache; aber Sie wollten ja, ich sollte aufrichtig seyn.

Rosenth. Und haben Sie noch keinen Mann gefunden, den Sie fähig glaubten, Ihnen ein besseres Zutrauen zu seinem Geschlechte einzuflößen.

Wilhelm. Wollen Sie diesen Abend noch ausgehen, Herr Baron?

Rosenth. Beantworten Sie mir meine Frage, liebes Mädchen!

Wilhelm. (immer ausweichend) Ich sehe, daß Sie den Hut in der Hand haben. Ich wollte Ihnen nur sagen, daß bey uns Punkt neun Uhr gespeist wird, und jetzt ist's schon acht. (läuft fort)

Siebzehnter Auftritt.

Baron Rosenthal allein. Hernach **Johann.**

Keine Antwort ist auch eine Antwort! — Das Stillschweigen eines solchen Mädchens sagt mehr, als die Versicherung von zwanzig andern. — Bist du einmal hängen geblieben, alter Schmetterling? Zeit ist's, denn du hast lange genug herumgeflattert. Aber das Blümchen ist auch wohl der Mühe werth! — Ein herrliches Mädchen! — voll Lebhaftigkeit und Verstand, und die Ehrlichkeit und Offenheit selbst! Wenn die falsch ist, so taugt das ganze weibliche Geschlecht nichts. — Ich kann nicht begreifen, was der Alte durch seine sonderbaren Reden vorhin wollte. — Hm! Was wird er denn damit gewollt haben? — Nichts. Die Väter gehn mit ihren Töchtern selten die Mittelstrasse. Entweder sie lassen sich alles von ihnen weiß machen, alles gefallen, oder sie halten ihnen kein Wort, keinen Schritt, keine Miene zugute. Das letzte wird wohl bey diesem alten Krückenstösser der Fall seyn! Kurz, Wilhelmine, du wirst meine Frau, und damit Punktum! — Jetzt will ich geschwind wieder in meinen Gasthof sehen, was meine schöne Entführte macht, und ob Buchenhain aus seiner Gefangenschaft erlöst ist? Wenn der diese Nacht seinen Garten-Arrest behält, so weiß ich wahrhaftig nicht, was ich mit dem guten Mädchen anfange! Wenn ich nur den verwünschten Garten wieder finden könnte! Vielleicht wär' etwas zu seiner Erlösung beyzutragen. Aber er wird doch wohl so gescheut seyn, und selbst einen Ausweg finden!

Johann. Gnädiger Herr! der Kutscher läßt fragen, ob er nach Hause fahren soll?

Rosenth. Nein, er muß mich wieder nach dem Gasthof zurückbringen. Komm mit! (ab)

Johann. (allein) Das muß wahr seyn: hier ist doch noch ein Ort, wo man sein Glück machen kann! Mein Herr hat kaum den Fuß vom Wagen gesetzt, so hat er schon hier eine Braut, und dort ein Mädchen. Johann, du mußt dir auch etwas anschaffen! (läuft ab.)

Ende des zweyten Aufzugs.

Dritter Aufzug.

Rosenthals Zimmer im Gasthof.

Erster Auftritt.

Henriette

(allein, sitzt traurig am Tische.)

Noch kömmt niemand! — Mein Gott! was soll aus mir werden? (die Hände ringend) Wenn ich's nur dasmal nicht gewagt hätte! Horch! — War
mir

mir doch, als hörte ich meines Buchenhains Gang. — Aber nein! er war's wieder nicht. — Wie mein Vater toben wird! — Ach, wär' ich nur wieder bey ihm im Hause! Ich wollte mir sein Schelten und Poltern herzlich gern gefallen lassen. Es wär' mir doch hundertmal lieber, als die Angst, die ich hier ausstehe.

Zweyter Auftritt.
Henriette und Baron Rosenthal.

Henr. (springt auf, indem er hereintritt.) Nun, dem Himmel sey Dank! Endlich doch einmal eine menschliche Seele! Haben Sie Nachricht von Buchenhain?

Rosenth. Ist er noch nicht da?

Henr. Nein! leider nicht! — Ich glaubte, Sie würden ihn mitbringen.

Rosenth. Ich? Wie sollte ich das? — Und wenn Sie mich todtschlügen, so könnt' ich den Garten nicht wiederfinden; ich habe nicht einmal mehr eine Idee von der Gegend!

Dritter Auftritt.
Die Vorigen, und Johann.

Johann. (geheimnißvoll) Ihro Gnaden!

Rosenth. Was willst du?

Johann. Der Kellner sagte mir eben, es wäre wegen des Frauenzimmers gefragt worden, das Sie bey Sich haben.

Henr. Gott! ich bin entdeckt! — (Sie wirft sich auf einen Stuhl.)

Rosenth. (zu ihr hin) Lassen Sie Sich nicht angst seyn, mein Fräulein! Es wird nicht so gefährlich seyn. (zu Johann.) Schafskopf! mußt du denn so laut reden? Und wer hat gefragt?

Johann. Das weiß ich nicht.

Rosenth. So geh, und erkundige dich recht!

Johann. Ja, das wird nicht viel helfen, Ihro Gnaden! denn der Kellner wußte es selbst nicht recht. Er meinte nur, es könnte Ihro Gnaden Verdruß machen. — Sehen Sie, der darnach gefragt hat, hat ausgesehen wie ein Bedienter. Sehen Sie, er ist gekommen, und hat sich unten in der Wirthsstube ein Glas Wein geben lassen, und da hat der Kellner davon geredt, daß Ihro Gnaden so ein wunderschönes Frauenzimmer mit nach Hause gebracht hätten, die immer weinte und seufte. Blix, hat er gesagt, — nämlich der andere hat's gesagt: Blix, hat er gesagt, das muß ich dem Jakob melden; unser Fräulein ist davon gelaufen, und die könnt' es wohl seyn, hat er gesagt, und ist fortgelaufen.

Henr. Ich bin verloren!

Rosenth. Seyn Sie ruhig, liebes Mädchen! — (zu Johann.) Weiter!

Johann. Nun, und vor einem kleinen Weilchen ist ein anderer gekommen, und hat gefragt, ob er sie

sie nicht könnte zu sehen kriegen? nämlich das Frauenzimmer da — kann ich sie nicht zu sehen kriegen? hat er gesagt, und da hat der Kellner gesagt, warum denn nicht? hat er gesagt, wenn der Herr will durch das Fenster hinter dem Ofen gucken, hat er gesagt; denn gerade in's Zimmer hinein führen zu ihr kann ich den Herrn doch nicht, hat er gesagt. Und da hat der andere gesagt —

Rosenth. Daß du zum Teufel wär'st mit deinem: hat er gesagt!

Johann. Und da hat der andere gesagt: In's Zimmer will ich auch nicht, hat er gesagt; ich will nur meiner Sachen gewiß seyn, hat er gesagt, damit ich meinem Herrn keine falsche Nachricht bringe, hat er gesagt; und drauf hat ihn der Kellner an das Fensterchen geführt, und da hat er das Fräulein gesehen, und hat gesagt: Sie ist's!

Rosenth. Nun weiter?

Johann. Ja weiter hat er nichts gesagt. — Doch ja, er hat noch gefragt, wer Ihro Gnaden wären? Und da hat der Kellner gesagt, er wüßte noch nicht, wer Ihro Gnaden wären, hat er gesagt; denn Ihro Gnaden wären kaum seit zwo Stunden erst angekommen, und hätten den Tagzettel noch nicht geschrieben.

Rosenth. Hm. — Eine dumme Geschichte! —

Henr. Retten — retten Sie mich vor meinem Vater!

Rosenth. Nur ruhig, Kind! nur ruhig! — (Auf und ab.) Lassen Sie mich einen Entschluß fassen. — Richtig — jetzt hab' ich's. (zu Johann) Geschwind

schwind einen Tragseſſel! Hier herauf auf's Zimmer.

Johann. Hier herauf auf's Zimmer! die Treppe herauf?

Roſenth. Schafskopf! — Thu, was ich dir befehle. (Johann ab.) Der Kerl könnte mit seiner Dummheit machen, daß ich ihn auf der Stelle fortjagte, wenn ich mich wegen seiner Ehrlichkeit nicht gar zu sehr auf ihn verlaſſen könnte. —

Henr. (in der äuſſerſten Angſt.) Hätt' ich mich nur dasmal nicht bereden laſſen!

Roſenth. Aengſtigen Sie Sich nicht so, liebes Mädchen! Es wird noch alles gut werden. Ich will Sie an einen Ort bringen, wo Sie vollkommen sicher seyn sollen. Nehmen Sie nur indeſſen Ihren Mantel und Schleyer um. Johann muß gleich mit dem Tragseſſel kommen, denn ich habe hier gleich neben an welche stehen sehen. (Er giebt ihr den Mantel um.) So — nun wären wir ja reiſefertig! — Verlaſſen Sie Sich auf mich. (Er faßt sie unter den Arm.) Armes Kind, wie Sie zittern! — Wo nur der Schlingel bleibt? — Ach — eben fällt mir ein, daß es beſſer iſt, wenn ich Sie nicht hier aus dem Zimmer wegtragen laſſe. Das macht Aufsehen! und da man ohnehin schon Verdacht hat — Beſſer, wir gehen da durch das Seitenzimmer über den Gang, und die Hintertreppe hinunter, und nehmen einen Tragseſſel auf der Straſſe. — — Wollen Sie das?

Henr. Alles — alles, wenn ich nur von hier weg komme!

Rosenth. Nun, so kommen Sie! (Ab mit ihr durch die Seitenthüre.)

Vierter Auftritt.

Johann mit einem Tragsessel durch die Hauptthüre.

Johann (im Hereintreten) Nun — Ihro Gnaden, da ist — (sich umsehend) Was Guckuck! wo ist er denn? — Und das Frauenzimmer auch fort? Hm! das begreif' ich nicht — Sie sind doch nicht etwa versteckt? (Er sucht) Nein — fort über alle Berge — Das versteh' ich nicht! — Sagt mein Herr zu mir, geschwind einen Tragsessel, sagt er; hier herauf auf's Zimmer, sagt er; und da ich den Tragsessel bringe, so geht er zu Fuß fort. Wie ich nur zu Fuße gehen möchte, wenn ich mich könnte tragen lassen! (Zu den Sesselträgern.) Ihr könnt nur wieder gehn!

Sesselträger. Aber unser Gulden?

Johann. Das ist kurios! Euer Gulden! Wenn ihr niemanden zu tragen habt, wofür wollt ihr denn bezahlt seyn?

Sesselträger. Ey was geht uns das an! Wer uns bestellt, muß uns bezahlen! Wir sind da; ob sich die Herrschaft hernach tragen läßt oder nicht, das geht uns nichts an!

Johann. Hm! Eine närrische Einrichtung das! (Er sucht Geld heraus) Schade um das schöne Geld, daß es die Kerls sollen umsonst bekommen! — Aber wenn mein Herr bezahlen muß, so kann ich mich ja wohl ein wenig herumtragen laſſen? — Ich hab's ohnehin noch nicht probirt, wie ſich's in einem ſol‍chen Kaſten ſitzt — (zu den Seſſelträgern.) Hört, wenn ihr euer Geld bekommt, ſo iſt's euch wohl einerley, wen ihr tragt?

Seſſelträger. Das iſt uns gleichviel.

Johann. Alſo, wenn ich mich zum Exempel hineinſetze?

Seſſelträger. Wenn der Herr ſonſt Luſt hat?

Johann. Nun — ſo macht euern Affenkaſten auf.

Seſſelträger. Ja, dann wird's freylich ein Affenkaſten, wenn der Herr drin ſitzt. (macht auf.) Aber wo ſollen wir den Herrn hintragen?

Johann. Nur zu! (indem er ſich hineinſetzt) Ich will euch ſchon zurufen, wenn ihr abſetzen ſollt. (Der Seſſelträger macht den Seſſel zu.)

Fünfter Auftritt.

Die Vorigen. Herr von Sachau mit einem Kellner und einigen Bedienten, welche herein‍treten, indem die Träger den Seſſel aufheben. Johann zieht die Vorhänge zu.

Sachau. Ach — gerade zur rechten Zeit! — Wo wollt ihr hin?

Seſſelträger. Das wiſſen wir nicht, Ihro Gnaden.

Sa-

Sachau. So will ich euch den Weg zeigen! — Kellner! — Er weiß doch gewiß, daß dieses das rechte Zimmer ist?

Kellner. Ja, Ihro Gnaden! Numero 10.

Sachau. Hier hat er sein Trinkgeld. (giebt ihm Geld.)

Kellner. Danke unterthänigst, Ihro Gnaden!

Sachau. (zu den Sesselträgern) Jetzt mir nach.

(Alle ab.)

Sechster Auftritt.

Zimmer in Sachau's Hause.

Wilhelmine allein. Nun, der Baron bleibt lange aus! (nach der Uhr sehend) Schon über neun Uhr! — und der Onkel auch noch nicht zu Hause! Der wird Henrietten suchen! (Es klopft an ein Fenster) War mir's doch, als klopfte da etwas an das Fenster. — Ah! — der Wind wird's gewesen seyn. (Es klopft) Jetzt wieder! — (Es klopft) Noch einmal! und recht deutlich! — (Sie zieht sich furchtsam zurück, mit dem Gesicht nach dem Fenster.) Wer muß das seyn? — (Es klopft) Wahrhaftig, eine Hand und ein Gesicht! (ängstlich) Mein Gott! Und der Onkel hat alle männliche Bediente mitgenommen!

Buchenh. (von außen.) Fräulein Wilhelmine! (Klopft.)

Wilhelm. (die schon im Begriff war zur Thüre hinauszulaufen, kehrt wieder um.) Es ruft meinen

Namen! Was ich aber auch für eine Närrinn bin! Wenn's ein Dieb wär', so würde er ja nicht so viel Umstände machen! (Sie sieht furchtsam hin.)

Buchenh. (von außen) Machen Sie auf!

Wilhelm. Was? Wo ich recht sehe — Wahrhaftig Buchenhain's Gesicht! (näher) Er ist's, so wahr ich lebe! (Sie öffnet das Fenster.)

Siebenter Auftritt.

Wilhelmine. Buchenhain.

Wilhelm. Sind Sie's wirklich? oder — ist's Ihr Geist?

Buchenh. (indem er zum Fenster herein steigt.) Ich bin's wirklich! erfroren und erstarrt.

Wilhelm. Und wo ist Henriette?

Buchenh. In guten Händen. Ich habe sie meinem besten Freunde aufzuheben gegeben!

Wilhelm. Und wo kommen Sie denn wieder her?

Buchenh. Wieder? — Ich bin noch gar nicht fort gewesen!

Wilhelm. Noch gar nicht fort?

Buchenh. Nein! Ich war die liebe lange Zeit im Garten eingesperrt. Ich und Henriette waren einander fehlgegangen; Ihr Onkel kam dazwischen, verschloß die Thür, und ich war gefangen. Seitdem habe ich mich auf lauter Dächern und Bäumen aufgehalten, wie die Katzen. Mit Lebensgefahr fand ich jetzt auf einem Baumaste einen Weg zu diesem

sem Fenster. Aber um alles in der Welt willen, machen Sie, daß ich mit Ehren zum Hause hinauskomme!

Wilhelm. Still! — Ich höre Lärm auf der Treppe. Geschwind in's Kabinet.

Buchenh. (ab ins Kabinet.)

Achter Auftritt.

Wilhelmine. Baron Rosenthal, hinter ihm ein Tragsessel, in welchem Henriette sitzt. Die Vorhänge sind zugezogen.

Rosenth. (zu den Trägern) Nur hier niedergesetzt! — Mein schönes Fräulein, ich bin so frey und bringe Ihnen Gesellschaft.

Wilhelm. (indem Henriette zum Sessel heraustritt) Was seh' ich? — Henriette! Ist das Zauberey? (Die Sässelträger ab)

Henriette. (schlägt den Schleier zurück) Wilhelmine! — Wie! in meines Vaters Hause?

Rosenth. (erstaunt) In Ihres Vaters Hause!

Neunter Auftritt.

Die Vorigen. Buchenhain.

Buchenh. (der zum Kabinet heraus stürzt.) Henriette! Sie hier? — Rosenthal! Was hast du gemacht?

Ro=

Rosenth. So viel ich vor der Hand merken kann, einen dummen Streich; wie das aber eigentlich zugegangen ist, weiß ich wahrhaftig nicht. —— Aber wie kommst denn du hieher?

Buchenh. Da durch's Fenster! Ich war ja bis jetzt im Garten.

Rosenth. Ah! — jetzt geht mir ein Licht auf. Also der Garten gehörte hier zum Hause? Wer zum Henker könnte sich auch so etwas Tolles träumen lassen! — Ich finde, daß man sich gar nicht damit abgeben sollte, ein Mädchen entführen zu helfen, an einem Orte, wo man das Terrein nicht kennt. — (zu Wilhelminen) Sie sind also nicht das Fräulein von Sachau?

Wilhelm. Freilich bin ich's; aber nicht das Fräulein von Sachau, das Sie heirathen sollten!

Rosenth. Eigentlich, wenn ich mir's recht überlege, ist der Spaß nicht übel! Ich helfe meinem Freunde meine eigene Braut entführen, und bin auch noch so gutherzig, und hebe sie ihm wie ein Heiligthum auf. — Daß ich recht sehr behutsam mit ihr umgegangen bin, lieber Buchenhain, das kannst du daraus sehen, weil ich aus lauter Respekt nicht einmal nach ihrem Namen gefragt habe; denn wenn ich das gethan hätte, so wär' der ganze närrische Streich nicht passirt.

Buchenh. Daß dir aber auch das nicht einfiel?

Rosenth. Was ging mich der Name des Fräuleins an? Ich wußte, daß sie dein Mädchen wär', ich wußte, daß du mit ihr burchgehen wolltest; und das war eigentlich schon um die Hälfte

mehr,

mehr, als ein Dritter von dergleichen Dingen sonst zu wissen braucht. Ueberdem war mein Kopf auch schon hier (auf Wilhelminen zeigend) zu sehr beschäftigt, als daß mich der Name eines andern Mädchens sehr hätte interessiren können. — Horch! — Was ist das?

Wilhelm. Ich glaube, der Onkel kömmt! — Henriette, geh' indessen hier in's Kabinet. Sie auch, Buchenhain, damit ihr ihm wenigstens nicht gleich bey'm Eintritt in die Augen fallt. (Henriette und Buchenhain ab)

Zehnter Auftritt.

Wilhelmine. Baron Rosenthal. Herr von Sachau, hinter ihm ein Tragsessel, in welchem Johann sitzt.

Sachau. (auf Wilhelminen zu, und leise zu ihr) Er (auf Rosenthal zeigend) weiß doch noch nichts?

Wilhelm. Ich hab' ihm wenigstens nichts gesagt.

Sachau. Das ist dein Glück! Er darf auch nichts erfahren. Wir müssen ihm etwas vorlügen.

Wilhelm. Wen bringen Sie uns denn da, lieber Onkel!

Sachau. Es ist Henriette.

Wilhelm. Henriette! (sie sieht Rosenthal an, und er sie)

Sachau. Nun! was ist da zu wundern? (Zu den Trägern.) Nur hergesetzt! Ich holte sie von ihrer Tante ab, und konnte nicht gleich einen Wagen bekommen, und — unterwegs wurde sie mir krank — und — da nahm ich den Tragsessel. — (für sich) Ich denke, so habe ich's recht gut gemacht. (Die Träger öffnen den Sessel.)

Rosenth. Was Henker! mein Bedienter? So wahr ich lebe!

Sachau. (wie versteinert) Ihr — Bedienter?

Johann. (zu Rosenthal) Ich bitte Ihro Gnaden recht sehr um Verzeihung. Ihro Gnaden waren schon weg, als ich mit dem Sessel kam. Bezahlen mußten ihn Ihro Gnaden doch, und ich wollte probiren, wie es sich in einem solchen Dinge säß'. Und da kam der gnädige Herr da mit vielen Leuten, und sagte: die Träger sollten mich ihm nachtragen; und da es mir eigentlich einerley war, wo sie mich hintrugen —

Rosenth. Halt's Maul!

Sachau. Das geht nicht von rechten Dingen zu!

Wilhelm. Das glaub' ist selbst! Sie holten Henrietten von ihrer Tante, lieber Onkel! setzten sie unterweges in einen Sessel, weil sie krank wird, und jetzt hat sie sich in den Bedienten des Barons verwandelt. — Wenn wir noch in den Zeiten der Feen lebten —

Sachau. Hat sich denn alles wider mich verschworen? — Heraus muß es einmal! (hastig, zu Rosenthal) Herr Baron! — ich hatte eine Tochter —

Rosenth. Das weiß ich, Herr von Sachau! und ich will Ihnen noch mehr sagen: diese Tochter haben Sie noch.

Sa=

Sachau. Nein! man hat mir sie entführt!

Rosenth. Auch darüber kann ich Ihnen Auskunft geben! Ich war's, der sie entführte!

Sachau. Sie?

Rosenth. Ja, ich! Sie war, seit sie aus Ihrem Hause ist, bey mir versteckt.

Sachau. Herr! — wenn das ist — Sie sind Kavalier — Sie werden wissen, wie Sie das gut machen müssen!

Rosenth. Es giebt nur Eine Art so etwas gut zu machen, Herr von Sachau! Sie überlassen es mir also ganz?

Sachau. Braucht's noch zu fragen? — Sie sind Kavalier!

Rosenth. Das heißt so viel als: Mann von Ehre. — Sie sollen mit mir zufrieden seyn! (Er geht zum Kabinet, und führt Henrietten und Buchenhain heraus.)

Letzter Auftritt.

Die Vorigen, Buchenhain, und Henriette.

Henr. (auf ihren Vater zu) Mein Vater!

Sachau. Geh mir aus den Augen, ungerathenes Kind!

Rosenth. Lieber Buchenhain! Herr von Sachau hat mir aufgetragen, einen gewissen Vorfall wieder gut zu machen. — (Indem er Henriettens Hand in Buchenhains Hand legt) Ich glaube, das ist die beste Art!

Sa=

Sachau. Wie? — was? — Nein, Herr! Sie müssen mein Schwiegersohn werden, oder —

Rosenth. Herr von Sachau! Ich hatte Ihre Tochter für meinen Freund entführt. Aber wenn ich sie auch für ihn heyrathen sollte — ich glaube, er selbst würde finden, daß das die Freundschafts=dienste ein wenig zu weit treiben hieß — Also Ih=re Einwilligung, Herr von Sachau! Und damit das in Einem hingeht; (er stellt sich neben Wilhel=minen) hier steht noch ein Paar!

Sachau. Wie? Sie wollen meine Nichte hey=rathen?

Rosenth. Ja, Herr von Sachau! wenn Sie nichts dagegen haben.

Wilhelm. Was das für eine Art ist! Mich fragt er gar nicht! Ey, ey — Herr Baron! Wenn Sie schon mit Ihrem Mädchen so despotisch um=gehen, wie werden Sie erst mit Ihrer Frau ver=fahren?

Rosenth. Heißt das despotisch seyn, wenn man sich freywillig in eine ewige Sklaverey begiebt?

Sachau. (der indessen nachgedacht hat, für sich) Auf die Art werde ich sie alle beyde los, und be=komme Ruhe. — (laut) Meinetwegen — je eher je lieber!

Henr. (küßt ihm die Hand) Ich danke Ihnen, mein Vater!
Buchenh. Auch ich danke Ihnen! } zu gleicher Zeit.
Wilhelm. Auch ich!

Sachau. Nun! nun! ist das ein Geschrey! — Ich glaube schwerlich, daß ihr mir über's Jahr noch so danken werdet.

Henr. Ist das der Segen, den Sie uns mitgeben, mein Vater?

Sachau. Ey was, Segen! Führt euch gescheut auf; das ist der beste Segen, den ich euch mitgeben kann! Eure Männer mögen sehen, wie sie mit euch zurechte kommen. Aber zu mir kommt nicht klagen, das sag' ich euch! Vor allen Dingen rathe ich dir, Henriette, daß du deinem Mann nicht etwa auch so davon läufst, wie deinem Vater; denn ich möchte dir nicht dafür stehen, ob er sich so viele Mühe geben dürfte, dich wieder zu finden, als ich mir gegeben habe. (der Vorhang fällt.)

Ende des Lustspiels.